72歳、妻を亡くして三年目

おまけ人生の処方箋

西田輝夫

GENTOSHA

はじめに

玄関先の梅が綺麗なピンクの花をしっかりと咲かせ、帰宅した時に心を和ますような甘い香りを送ってくれました。

生け垣のアカメは鮮やかな赤い葉を見せ、対照的にユキヤナギは真っ白な花を咲かせました。赤を背景に小さな点のような白い花という組み合わせは、とても美しいものです。

この素晴らしい光景は精々一週間ほどしか楽しめませんが、私が大好きな光景の一つです。

妻が逝ってから四度目の春を迎えました。

独りになって最初の春は、庭の植木を楽しむ気持ちの余裕などは全くありませんでした。

二年目の春は不思議なことに、妻がいなくなったことを悟り悲しむかのように、一斉に庭の木々の勢いが衰えました。

妻が選んで植えたお気に入りのミモザの木は大きく育ち、妻が最後に見た時には二階にまで届く高さに生長し、美しい黄色い花をいっぱいに咲かせていました。しかし、昨年はなぜか上半分が枯れ、とうとう黄色い花を見ることが出来ませんでした。植木屋さんにお願いして、手当てをしていただき今年は少し黄色い花が戻ってきました。

来年にはもっと沢山の鮮やかで綺麗な花を咲かせてくれることを祈っています。

昨年の冬は例年以上にとても厳しい寒さでした。

四月になると今度は大変暖かい、あるいは暑いと言っても良いような春を迎えています。

春になって暖かくなってくると、若葉が一斉に出てきます。

私は、春の息吹を感じさせる若葉が大好きです。特に、朝日を受けた若葉の新緑は、心に沁《し》み込むようで本当に素晴らしいものです。

若葉の中に散らばっているドウダンツツジの、小さな釣り鐘状の真っ白な花がとても爽やかです。

梅の木、紅葉《もみじ》の木、ドウダンツツジなどなど庭中の木々が、これでもかというほどに鮮やかな緑の若葉を茂らせてくれています。

出かける時などしばらく立ち止まって庭を眺めて目を楽しませています。

鮮やかな新緑を眺め、安心すると同時に、季節が巡れば枯れ木のような枝から再び新緑の若葉が蘇生するように、妻が戻ってきてくれたらなと思いますが、これだけは叶わぬ願いです。

私の人生を、青春、朱夏、白秋そして玄冬と区別して考えますと、いわゆる働き盛りの朱夏の時代は、現代の感覚では理解出来ない、とんでもない生活を送る日々でした。

朝早くから大学に出かけ、診療や手術を行い、さらに深夜まで研究室で実験を重ね、欧米の研究者に認めてもらえるようにと必死になって英語で論文を発表してきました。

今振り返ると、家事や育児は全て前妻に任せ、自分はただ診療、手術と研究だけをするという生活でした。そのつけは、離縁したこと、子供たちと疎遠になったことなど色々な形で私の人生に深く投影されています。

ただ有り難いことに、人生の収穫期の白秋の時代に、同じ眼科医である妻と再婚することが出来ました。

何を相談しても「やってごらんなさいよ」の一言で、どんな時でも背中を押してくれました。うまくいったこともありましたし、失敗したこともありました。

しかし、とにかく妻が背中を押してくれたことで、何をするにも思い切って出来たものでした。有り難いことでした。

医学部の教授職を六十三歳で定年退任し、しばらく理事・副学長として大学の運営にも関わりましたが、六十六歳の時に完全に公職から退きました。

いよいよ夫婦二人で、豊かになったこの国で、ゆっくりと残された人生を共に楽しもう。

そう考えていた矢先。

私は妻に先立たれました。

妻が先立つ、という全く予期していなかった事態に直面すると、私にとって良き妻であっただけにかえってその喪失感は大きなものがありました。

私たち二人は、家のことや職場のことなど小さな出来事でも、何でもよく話をしていました。妻は、私が診療や研究に専念出来るようにと、一切の家事を自分でこなして私には何もさせませんでした。

このように、ある意味甘やかされてきた私が、妻に先立たれ独り暮らしを始めねばならなくなりました。

そこで、初めてする家事の数々の失敗や工夫と、妻が逝ってからの刻一刻と変わる心の変化を綴り『70歳、はじめての男独り暮らし　おまけ人生も、また楽し』と題して、上梓させていただきました。

沢山の読者の皆様からお便りを頂戴しました。

何よりも私と同じように、奥様に先立たれた方がこれほど沢山おられることに驚きました。

厚生労働省が発表する二〇一七年の国勢調査では、男性の平均寿命が八十歳なのに対して女性は八十七歳です。

平均的には、女性の方が少なくとも七歳長生きをされるはずです。

私自身も妻が先立つまでは、自分が先に死ぬものとばかり考えていました。まさか妻が先立つとは……というのが実感です。

その意味でも、妻に先立たれて初めて家事を自分でせねばならなくなった時の男の狼狽は大変なものです。

沢山の皆様方から頂戴したお便りは、私にとって素晴らしい励ましでもありました。

また本を上梓することで、年に一度の年賀状のやりとりだけだった昔の職場での同僚やお付き合いのあった方から「読んだよ」というご連絡をいただきました。

何人かの方とは数十年ぶりにお目にかかることが出来、「お互いに歳をとったよね」などと言いながら、若い頃の思い出やその後辿ってきた互いの人生を語ることが出来ました。

人生の最終楽章で、本を通じて素晴らしい出会いを得ることが出来ました。

妻が亡くなって一年半ばかりの間の生活の変化と心の変遷を先の本では述べま

した。

二年経って三回忌の法要を済ませた頃から、再び心は大きく揺らいできています。

心の中の悲しみや寂しさとは関係なく、いやでも生きていかねばなりません。妻が整えてくれていた生活基盤から脱して、自身が便利に生活出来るように私なりの家を作り上げていく過程でもあります。

断捨離を通じて、様々なものを整理してきました。

最初は何をして良いのか分かりませんでしたので、とにかく妻のしていたとおりに行うということの毎日でした。

しかし、家の中の様々なことを自分で管理するためには、妻のやり方から脱する必要があります。

引き出しを開けると、私には必要ないなと感じるものが沢山ありましたが、何かの機会に必要になるかもしれないと断捨離することが出来ませんでした。

三年以上生活してみますと、一年を通じて必要なものも大体把握出来るようになってきます。基本的に、二年間一度も手に触れなかったものは捨てても良いのだと理解出来るようになりました。

そしてそのうち、様々な思い出の品や妻が使っていた日用品などのものを通じてではなく、心の中に妻が復活してきていると感じるようになりました。

その頃からでしょうか。なかなか捨てることの出来なかった妻の遺品を、思い切って捨てることが出来るようになってきました。

同時に、徐々にですが私なりのスタイルの家になってきました。

このように、三回忌が一つの大きな節目となり、いよいよ悲しみや寂しさを乗り越えて、自分自身の心を癒やし、残りの人生を独りで楽しく生きていくためにどのように生活していけば良いかが少し分かってきました。

古《いにしえ》より言われているとおり、「日日薬《ひにちぐすり》」は極めて有効な薬のようです。

そこで、三回忌が過ぎてから、日日薬がどのように効いてくるのかを中心に、『72歳、妻を亡くして三年目　おまけ人生の処方箋』を綴らせていただきました。

前著と共に、少しでも同じような境遇におられる皆様方のお役に立てばと祈っています。

西田輝夫

72歳、妻を亡くして三年目　おまけ人生の処方箋　目次

第二章 「捨てる」から始まる新しい人生

第三章　新しいことに挑戦する

第四章 死への道筋

装丁　小松学(ZUGA)
DTP　美創

第一章

妻を亡くして三年目

まだまだ「人生一〇〇年時代」ではない

独りでの生活を四年近くしてきました。

家の中で話し相手がいないということは、自分自身との対話の時間が増えるということでもあります。若い頃に感じていた未来が開けていく感覚とは異なり、人生の終着駅が近づきつつあることを感じる時間となってきています。これからの人生の店じまいに向けどのように生きるのか、つい物思いにふけってしまいます。

今まで生きてきた人生を意味のないものにするような死に方はしたくない。そう切実に思います。どうしても感傷的になりますが、死だけを考えていては、今生きているこの時間が意味のないものになります。

死んだ後に私の霊はどこでどのように存在するのだろうかということも気にな

り、死後の世界についてもしばしば考え込んでしまいます。

一番の関心事は、どのようにしてこの避けることの出来ない死を迎えるかということです。

たとえ今は何とか元気に独りで生活出来ていても、最後の時間にはどなたかのお世話にならねばならないでしょう。

人生でのその瞬間は社会に甘えることで許していただくとして、なんとか独りで生活出来ている今の時間を楽しく有意義に生き、自分の人生をそれなりに意味あるものにすることが、一番大切なことだと思います。

ある意味、還暦を過ぎたら何が起こっても不思議ではないのかもしれません。いくら平均寿命が長くなったからといっても、それは医学や医療の発展のおかげで、生かしてもらえる時間が増えただけです。

他の動物と人間を区別する一番大きな特性である「社会性」を十分に維持し続けることを「生きること」と考えた時、「人生一〇〇年時代」にはまだまだ遠いのではないかなと思っています。

一般に一つの世代は三十年と考えられます。子供を三十歳前後で授かるとしますと、子供が成人し、孫の世代が生まれてくる頃は、その人は六十歳前後であるということです。ここに、古代から言われている暦が戻る時、つまり還暦（六十歳）という人生の一つの大きな区切りがあるのではないかと考えてしまいます。

確かに一〇〇歳を超えてもしっかりと生活されている方々がおられますが、私自身の周りを見渡しますと、還暦を過ぎた頃から、特に七十代から八十代前半で鬼籍に入る方が徐々に増え始めますし、何かの病気で公の場から姿を消す方もおられます。

そう考えますと、私自身に残された時間は、現実的には数年からたかだか十年ぐらいなのです。

寂しさの移り変わり

師走が押し迫ってきますと、忘年会などで、街はとても賑やかになります。

妻の命日は十二月十日です。

最初の年末は、葬儀や喪中の連絡などに忙殺され、そして何よりも妻が死んだという事実とその意味が十分に理解出来ないまま初七日や四十九日の法要の準備などに追われて、あっという間に時は過ぎていきました。

妻ともう二度とは会えない、話が出来ない、声が聞けないということを頭では理解出来ていましたが、まだ心のどこかには、ひょっとしてという気持ちもありました。

事実を受け入れられない期間です。

妻のいなくなった家に独りでいることは、寂しいものです。でも、心の中では二人で過ごした人生を思い出しながら、ほとんどの時間を妻の霊と一緒に過ごしていたような気がします。

寂しいけれども寂しくない、今から考えると不思議な時間でした。様々な儀式に追われることが、どこかで心の空虚さを埋めてくれていたのかもしれません。

百箇日の法要や一周忌の法要を終えると、お参りに来てくださる方の数も減ってきます。社会的には、妻の死が少しずつ薄らいでいくわけです。

しかし私の心の中では妻の死が全く薄まらないどころか、ますます妻の不在というものを重く感じるようになってきました。

二年目の年末。家の中の様々なものを見ては、共に過ごした楽しかった日々を思い出していました。どんなつまらないものでも、見る度に何とも言えない懐かしいような感情が湧いてきます。

一年が経ちますと、頭で妻の死を受け入れているだけではなく、もう二度と帰ってこないのだと心でも妻の不在を受け入れることが出来るようになってきました。

ですが同時に、とても強い孤独感が押し寄せてきました。まだ捨てられないでいる様々な思い出の品々が溢《あふ》れている家の中にいることが耐えられなくなりました。

三年目の年末。私が今お世話になっている病院では毎年全ての診療が終わった十二月二十九日に忘年会が開かれます。そこでは各部署がそれぞれ工夫した余興を披露します。賑やかで楽しいものです。ビンゴゲームも、何か当たらないかとわくわくするものです。一年間お世話になった職員の皆さんに挨拶とお礼を述べながら、楽しく時を過ごすことが出来ました。

しかし、二次会も終えホテルの部屋に戻り独りだけになると、それまでが賑やかで楽しかっただけに、何とも言えない孤独感と寂しさが襲ってきました。

どこか賑やかなところに埋もれてしまいたい気持ちになってきます。そこで繁華街にふらふらと出かけましたが、たとえ賑やかなところに出かけても、寂しさはつのるばかりです。自分の心を強くすること以外に、この寂しさを克服することは出来ないのだと学んだ年末でした。

孤独というのは、人生で度々経験することです。孤独感そのものは、しばしば寂しさと関連づけられ、連動しているようです。

しかしこの二つの感情は異なるものではないかと思います。色々な方々の助けはいただくとしても、人は独りで生まれてきて、独りで死んでいくものです。普通は、誰も一緒に死んでくれません。

その意味で人生というのは孤独ですから、孤独には耐えることが出来そうです。しかし寂しさというのは、自分独りの心の中での問題ですから、耐えるのはかなり厳しいものです。

一所懸命仕事をしていても理解されない時の孤独感があります。自分自身の価値観を強く出し過ぎますと、周りの人々と意識にズレが生じ、孤独を感じます。今までも色々な形の孤独を乗り越えてきました。ですから孤独感はそれだけでは決して寂しさに結びつかないと思います。

孤独感ではないとしたら、この三年目に感じる寂しさはどこから来るのか。

一つの大きな因子は年齢でしょう。

まだまだ長い年月が目の前にある若い時分には、将来に対する不安があるものの、人生が開けていくという希望に満ちた明るい未来を感じることが出来ました。しかし、古希を過ぎて統計ではなく現実的にあと数年からたかだか十年という残された時間を目の前にし、独りで生活していると、強く寂しさの感情が押し寄せてきます。

このように、開けていくのではなく人生の終着駅に向かって収束していくという実感こそが、寂しさの正体なのかもしれません。

人生の第四楽章が始まった

独りになって過ぎ去りし私の人生を振り返りますと、ちょうど生涯をかけて一つの交響曲を奏でてきたように思えます。いよいよ最後の第四楽章を演奏する時に妻を亡くし、独りで奏でないといけなくなりました。

第一楽章が、両親の保護下で生活した子供から青春の時代で、第二楽章が家庭を持って、独立して一所懸命必死に働いた朱夏の時代だとしますと、第三楽章は、人生の収穫期でもある白秋に相当するものであったと思います。

妻と共に歩んだ十六年半の年月は、私の人生の第三楽章に相当するものです。

本来なら、一緒に二人で交響曲全体を締めくくる最終楽章を奏でるものだと思っていました。そして第四楽章の途中で、私のパートはなくなり、最後の音は妻が奏でてくれ、私の交響曲が終わりを迎えるのが当然のことだと思っていました。

しかし妻が先立ち、独り遺された私は、今自分自身の力で最後の第四楽章を完成させねばなりません。

第四楽章を奏でて、交響曲全体をうまく締めくくることが私の最後の仕事となったのです。

第四楽章では、新たな旋律を奏でなくても良いように感じる時もあります。何も奏でなくても、第三楽章までのテーマの通奏低音が進行しますから、いずれは交響曲の最後の音となるものでしょう。

しかしそれでは、妻の提示したテーマの旋律を展開し切れないように思います。提示されたテーマの旋律や通奏低音と調和を取りながら、私自身の人生を表現する交響曲として最後の音を出すためには、やはり新たな旋律が必要です。

妻の肉体は滅び、もう声は聞けず話も出来ませんが、心は私の傍にいてくれているということを理解し感じるまでにはかなりの時間が必要でした。「大丈夫、私はずっとあなたの傍にいます」という言葉の意味がやっとつかめてきたような気がします。

通奏低音として、展開される旋律をいつも支えてくれているのです。

四年が過ぎようとしている今では提示してくれた旋律を基に、私なりの旋律を作り上げ展開しようと奮闘しているところです。なかなか難しいところもあります。

でも、あの世で再び妻に会えた時に、「君の提示した旋律を一所懸命展開して素晴らしい交響曲を仕上げたよ」と言えるかどうかが、新しい第四楽章の基本となると思います。

あの世で再会する時を楽しみに、私の人生という交響曲のフィナーレである第四楽章でどのような旋律を奏でられるかをわくわくしながら楽しめるようになってきました。

妻からの最後の手紙

妻が亡くなってしばらくは、全く音のしない状態でした。もはや妻は何の音も奏でませんし、私の耳も、音を聞くことが出来ません。

ですが、四十九日の法要が過ぎた頃から、音が聞こえ始めました。最初の音は、亡くなる三週間ほど前に書かれた私への手紙「愛する輝夫へ」を通じて聞こえてきました。これからの私の残された人生での生き方を示す、そんな妻から提示された旋律でした。

愛する輝夫へ

昨年六月、思いも寄らない私の発病から、これまで一年半、あなたは全力で私を支えて下さいました。私が穏やかな気持ちで、ときに幸せな思いでこの時を迎えることができたのも、みんな、あなたのおかげです。本当に本当に、ありがとう。

病気が見つかってから二人で計画して出かけた旅や今まで一緒に出かけた海外の旅の思い出と感謝が綴られ、その後に残された私へのメッセージが綴られていました。

これから、一人で暮らすことになるあなたのことを思うと、胸が痛み辛くなりますが、あなたの周りには、心からあなたを支えて下さる沢山の方がいらして下さいます。そして、何より、あなたにはまだ、あなたの mission があります。どうか、心折らずに、残りの時間を大切に、そして愉しんで過ごして欲しいと願うばかりです。

最後の日々を、こうやって心通わせて過ごせた私たちです。大丈夫、私はずっとあなたの傍にいます。これからも、私が惚れた「西田輝夫」として、存在して下さいますように。

心からの感謝を込めて

保子

妻が亡くなってからの私自身の心の中での葛藤は、追加の治療を選択して、少しでも長く生きられるようにした方が良かったのではないかということと、最後の時間に、人生への後悔が残らないように色々と喜ぶことをもっとしてやれなかったかということでした。

しかし手紙には、穏やかな気持ちで幸せな思いでこの時を迎えることが出来たことへの感謝が述べられており、「これで良かったのだ」という気持ちが私の中にも湧いてきました。

私が最も苦しかった時期を共に過ごし、支えてくれた妻が、少なくとも満足した気持ちを持って死の時を迎えてくれたということは、私にとっての救いでした。

可能な限り自宅で生活し、いよいよという時になって、希望していた博多湾に浮かぶ能古《のこ》の島が眺められる生《いき》の松原近くの病院に入院させていただくことが出来ました。

この病院の院長先生は、妻の医学部時代の同級生でしたので、友人としてしばしば病室を訪れてくださり、大変嬉しかったようです。妻は人生の半分以上を福岡で過ごしましたから、きっと最後は福岡で迎えたかったのだと思います。

自宅で生活していた間も入院していた間も、私はほとんどの公職から退いていましたので、幸い時間が十分に取れる状態でした。公の仕事以外の時間はいつも傍にいてやれました。

明日が最後の音を奏でる日と思い

妻からの手紙の最後には、死後独りで生きていく私に対するエールが述べられていました。

「まだまだあなたにはやるべき仕事がある」

「独りでも愉しく生きるのよ」

私は実際、妻がいなくなってから、何回も心が折れそうになりました。「早く迎えにきてくれよ」と思うことが幾度もありました。でもその度にこの手紙を読み返し、まだ残っている仕事を考えると、もう少し頑張らねばと思い直すことが出来ました。

この手紙のおかげで、私は人生の第四楽章を奏で始めることが出来たのです。

最初は手探りでした。しかし四年が経とうとしている今では、少し大胆に、私なりの旋律を奏でようとしています。

自分自身の死をどのようにして迎えるのかということを考えながら、毎朝、目覚めることが出来た喜びを感じて一日を生活しています。

妻と次にあの世で再会した時に、「君がいなくなってからも同じように全力で生きたよ」と言えるようにせねばと毎日考えています。

妻と一緒に奏でた第三楽章で基本的な旋律は既に提示されていましたが、第四楽章でも、妻から色々なテーマの旋律が流れてきました。最初は、独りで生活するだろう私への気遣いからテーマの旋律が、時にバイオリンが、時にフルートやクラリネットが担当して繰り返し繰り返し奏でられます。同時に低音部にはコードとリズムを規定するかのように通奏低音が流れています。

第一楽章を受けて第二楽章があり、第二楽章を受けて第三楽章が規定されます。いよいよ最終楽章に入りますと、交響曲全体の締めくくりでもありますし、今までの楽章で提示された様々な旋律から逃れることは出来ません。特に一緒に奏でた第三楽章がこの最終楽章に大きく影響しています。一周忌を迎えた頃から、妻からのテーマの旋律はビオラやトロンボーンなどの中音の音に徐々に移ってきました。それに合わせるように、テーマの旋律が私の中で展開し始めます。

三回忌を済ませ、今では独りの生活も四年になりました。

提示されたテーマの高音部の旋律は徐々に低音部に移行して通奏低音に溶け込み、安心感を与えてくれるような安定した低音となり流れ始めました。同時に私自身が展開していく新しい高音部の旋律が生まれてきました。妻は、もはや旋律を奏でないで通奏低音でコードとリズムを決めているように感じます。

ただ、新しい旋律だと思っているのは私だけで、実はこの旋律も、今まで妻が提示してくれたテーマの変奏にすぎないのかもしれません。それでも私は少しずつ、変化を受け入れて前へ進みつつあるような気がします。

通奏低音のように、心や生活の基盤に、妻との思い出や妻への気持ちが変わらずに流れています。でもその上で奏でられる旋律は刻一刻と変わっていきます。

独りで必死になって生きている私が、通奏低音と和音を形成出来るようにと考えながらも、新しい旋律を奏でようとしています。

第一楽章から第三楽章までは、既に過去のものとなっていますから、どの程度の長さの楽章か分かっています。

しかし第四楽章は、いつ終わるのか全く分かりません。

突然短く終わるのかもしれませんし、ミュートしてか細い音で、長く長く奏でられて、消えていくのかもしれません。いつまで演奏しておれば良いのか、もうすぐ終わりが来るのかが分からず、ひょっとして明日、最後の音を奏でる瞬間が来るのではとの不安を持ちながら演奏しています。

それこそが、人生の第四楽章というものなのでしょう。

人生の道は一つであり逆戻りは出来ない

一方通行で、至るところに分岐点がある。人生は旅によく喩えられています。

松尾芭蕉は『奥の細道』の冒頭で、「月日は百代の過客にして、行かふ年も又旅人也」と述べ、月日は旅人のように通り過ぎていくものだという気持ちを表しています。

人生の一番の特徴は、生まれてこのかたいつの日にか必ず訪れる死の瞬間に向かって一つだけの道をひたすら歩んでいくことです。

逆戻りすることが許されず、ただ一方通行の道を歩むしかありません。

もし、もう一度ある時期に戻ってやり直すことが出来れば、私自身もう少しは賢明な選択をして人生を送れたことでしょう。

しかし、人生は一方通行で、再び同じ分岐点に戻って別の道を選択することは出来ないのです。

紀元前一〇〇年頃の哲学者であるキケロも『老境について』という著書の中で、「人生の進路は定まっている。自然の道は一つであり、かつそれは片道のみである」（吉田正道訳、岩波文庫）と述べています。

人生は曲がりくねった一方通行の道ですが、至るところに分岐点があります。分岐点の数は無数といって良いと思いますが、それらの分岐点での判断と選択により、全く違う人生となりますし、それぞれの人生が多彩なものになっていきます。

分岐点では、ゆっくり立ち止まって、ずっと先まで眺めて熟考し、自分で選択出来る場合もあれば、社会や運命の力で、どちらかの道を歩まざるを得ない場合もあります。

妻が先立ち、独り残されて残りの人生を生きるという道は自分で選択したわけではありませんが、何か神の御旨《ぎょし》か因果なのでしょう。

分かれ道では可能な限り遠くを見つめる

アメリカの詩人ロバート・フロストの詩「The Road Not Taken（選ばなかった道）」に出会ったのは学生時代のことでした。

当時文学部にいた友人が講義で学んだと言って教えてくれたのです。二十歳過ぎの私は、ただ何となくこの詩が気に入っただけで、その時には自分の生涯を通じて繰り返し口にする詩となるとは夢にも思っていませんでした。

人生では、様々な局面で選択が必要となりますし、また自分の意思とは関係なくやむを得ず別の道を歩まねばならないことも多々あります。選択と決断、そして振り向かないことがとても大切なことだと、今なら分かります。

しかし、若い時にはどうして自分がという気持ちが強く出たり、いくつかの選択肢がどれも素晴らしく見えたり、あるいは逆にどの選択肢も望まないものだったりということがありました。
その時に、このロバート・フロストの詩をいつも口に出して、自分自身の選択に納得したものでした。

The Road Not Taken（選ばなかった道）

Robert Frost（ロバート・フロスト）

黄色に染まった森のなかで、道が二手に分かれていた。
旅人ひとりの身でありながら、両方の道を進むわけにはいかないので、
私は長く立ち止まって、
目の届く限り見つめていた——片方の道が向こうで
折れ曲がり、下生えの下に消えていくのを。

（中略）

いつの日か、今からずっとずっと先になってから、
私はため息をつきながら、この話をすることだろう。
森の中で道が二手に分かれていて、私は――
私は人通りが少ない方の道を選んだ、そして、
それがあとあと大きな違いを生んだのだと。

（川本皓嗣編　対訳　フロスト詩集　アメリカ詩人選（4）、九〇～九三ページ、岩波文庫）

ロバート・フロストは、「分かれ道で可能な限り遠くを見つめて、そして人通りが少なそうな道を選んだ」とこの詩の中で述べています。

実際私も分岐点では、将来がどうなるのだろうかと真剣に悩んだものでした。右に行った方が良いのか、左の方が良いのか？　でも今となって振り返ってみる

と、どちらの道も同じようなもので、たいした違いはないのだということが言えます。

分岐点で考える時に大切なことは、その分岐点に二度とは戻ってこられないことでしょう。

一旦《いったん》一つの道を選択してしまうと、もう一つの道のことを羨ましく思ったり、選ばなかったことを残念がったりしてもしようがありません。科学実験のように、二つの現象を比較対照するということが出来ません。

一つの道を選んだら、ただひたすらにその道を歩み続けるしかないのです。どちらかの道をたった一度しか歩めないのです。

そうすると、またどこかの時点で、次の分岐点がやってきます。そこでまた選ばねばなりません。

このようにして、人生の旅路というのは、いつまでも続く分岐点での判断と選択の繰り返しだと言えると思います。

選んだら、精一杯歩むだけ

人生の分岐点に立ち、選択し、一つの道を歩み始めたら、次の分岐点がやってくるまでが、「今」です。

この「今」を精一杯生きることは、とても大切なことです。

分岐点では、時間をかけ悩んでゆっくり判断しても良いかもしれません。

しかし一旦、一つの道を選択して歩み出したら、「歩んでいる今」を大切にして、次の分岐点が現れるまで、一歩一歩歩みを進めていくしかありません。

過去の失敗などを反省することは、未来で同じ過ちを繰り返さないために必要です。しかし、過去の分岐点での判断を悔やんでも、また選ばなかった道を残念に思い、その道を歩む人を羨ましく思っても、仕方のないことです。

また、いつ何時、次の分岐点が現れるかもしれません。

そうして分岐点に到達した時に、一所懸命に考えて悩んで、どちらかの道を選択すれば良いのです。

ずっと先の遠いところに夢を持つことは大切で必要ですが、あまり将来のことを良い方向でも悪い方向でも考えても仕方ありません。

聖書にも今日を生きることの大切さが述べられています。

「明日のことまで思い悩むな。明日のことは明日自らが思い悩む。その日の苦労は、その日だけで十分である」

（マタイによる福音書　第6章34節）

あとは野となれ山となれ

七十二年の人生を振り返りますと、若い頃には想像もしなかった、あるいは自分の人生では経験しないだろうと考えていたようなことが、様々な局面で起こりました。

幾つもの分岐点があり、その度に最善と思う道を選択してきました。

今、過去を振り返ってみると、どれとどれが人生の全体の流れを左右する大きな分岐点であったのかが、分かります。

しかし、一方通行の人生という道は、前向きに歩むしかありませんから、昔若かった頃の判断や選択を悔いてもしようがありません。もし万一にもその時点に戻って、別の選択をし、もう一つの道を歩めるのであれば、考えて悩んでも良いかもしれません。でもそれは出来ない相談です。

それなら過去の判断を悔いたりしないで、ただ過去の反省だけを参考にして、これから先で現れる分岐点での判断の材料にする方が賢明です。「覆水盆に返らず」という中国のことわざがあります。「失敗したことは、もう取り返しがつかない」という意味が基本です。しかし別の解釈として、「だからお盆の水はこぼさないように注意しよう」という解釈と「こぼれた水のことはくよくよ考えてもしようがない。これからのことを考えよう」という解釈があると思います。

前向きに明るい面を眺めて生きていくためには、「覆水盆に返らず」だからもう考えたり悩んだりするのはよして、これからのことを考えようという解釈が、私は好きです。

歩み去った過去の選択や出来事は今更どうしようもないことですし、いわゆる「あとは野となれ山となれ」の精神が、大切なように思います。

私たちに出来ることは、自分が選んだ道を精一杯歩み、その歩んでいる今の時を大切にすることしかないのではと思います。

人は泥にまみれる度に強くなる

大学を卒業して、自分の足で自分の人生を歩んだ朱夏の時代は、下積みの時代でもあり、山の頂きを歩むことは少なく、しばしば谷を歩んだものでした。

今振り返ってみると、谷を歩んだり、山に登ったり、そして頂きに近づいたと思って有頂天になっている瞬間に再び谷に突き落とされたりと、あたかもジェットコースターのような人生でした。

でもなんとか生き延び、人生の収穫期である白秋の時代に素晴らしい妻と巡り合え、大変充実した幸せな時期を過ごせました。

最終楽章である玄冬の時代には、妻と一緒に山の頂きに立てると思っていましたが、その時に、妻が先立ち、私は再び谷へ突き落とされました。

四年の月日が経ち、やっともう一度山に向かって登り始めたところです。今度は、随伴してくれる妻はいません。有り難いことに多くの心配してくれる方々が周りにいてくださいます。しかし、自分の足で独りで登っていくことが肝要なことだと思います。

聖書にこんな言葉があります。

「あなたがたの会った試錬で、世の常でないものはない。神は真実である。あなたがたを耐えられないような試錬に会わせることはないばかりか、試錬と同時に、それに耐えられるように、のがれる道も備えて下さるのである」

（コリント人への第一の手紙　第10章13）

谷に落ちた私にとってはとても辛い試練のように思えましたが、多分私にだけ与えられた試練ではなく、長い人類の歴史では、同じようなことを沢山の方々が経験されているのだと思います。きっと乗り越えられるはずだと、この言葉を信じてこの四年を生きてきました。

生きてきたと言いましたが、正直なところ、この年齢で独りで生きていくという試練はとても厳しいものでした。

しかし、私がこの世での生を終える時には、もう山も谷もなく、一見したら平らな道を歩んできたように感じるのでしょう。

山の頂上に登りつめたと思って有頂天になっていた時も、谷を歩みながらどうしてこのようなことになるのだと突き落とされたような気持ちになった時も、どちらも今となってはたいした意味を持たないような気がします。

それどころか、どちらも懐かしい思い出です。

おそらく人は谷に落ち、泥にまみれる度に強くなり、山に登ろうとする意欲と力が生まれてくるのではと思います。

人生は福笑いのようなもの

子供の頃、お正月などに福笑いという遊びをしたものでした。目をつぶって、目、鼻、口などの形に切り抜いた紙を、顔の輪郭を描いた紙の上に並べていくものです。並べ終わって、目を開けてみると、とても顔とは言えないような面白い表情のものが出来上がっています。

その顔の滑稽さを皆で笑って楽しむというたわいのない遊びです。

人生というのは、この福笑いのようなものかもしれません。

若い頃は目を十分に開けないで、顔を構成する部品を配置しているだけです。その時はそれが正しいと信じて配置しています。

しかし歳をとって目がよく見える（世の中の仕組みが見える）ようになりますと、どんなに変な顔が作り上げられているのかが分かってきます。

一つ一つの部品となる目、鼻や口は、正しい形をしています。しかし顔の輪郭の中での配置が狂ってしまうと、とんでもなく面白い顔になってしまうのです。しっかりと目を見開いて、顔全体のイメージが正しくなるように目、鼻や口などを配置することが肝要です。

年齢を重ねますと、その時々の物事の見え方が少しずつ変わってきます。若い頃には、目、鼻や口というそれぞれの部品の形が気になりました。歳をとっていきますと、特に現職の仕事から退きますと、それぞれの部品の良し悪しだけではなく、部品を使って出来上がった全体像の良し悪しが気になり始めます。部分と全体とを同時に見渡すことが出来るようになり、全体が一番良くなるようにと考えることが出来るようになってきます。

妻の死を経験して、私自身に残された人生の時間が短いということを感じ始めると、人生観や死生観がより明確に考えられるようになってきました。

最早若い時のように、一つ一つの事象が成功か失敗かということはそれほど意味を持たなくなります。

一本一本の木を眺めて森の大きさを想像するのではなく、少し遠く離れて森全体を見渡すことが出来るようになってきます。一本一本の木の種類や形がどうであれ、森全体としてどのような形をしていて、どのように素晴らしいのかが想像出来るようになってくるものです。

今までも、立派な木々を集めてきたからといって、美しい森が出来上がるものではないということをいやというほど経験してきました。

つまり素晴らしい部品を集めることは大切ですが、だからといって組み立てた製品が素晴らしくなるとは限りません。各論の集積が決して総論にならないのです。

それでも、若い時には、一つ一つの成果の質とその数が多いことが求められるものですから、各論が大切だと思って頑張ってきました。

私の世界で言えば、必死になって、より良い研究をしようと頑張りました。しかしこの歳になりますと、これ以上良い論文を書いても書かなくても、これから先の残された自身の人生にそれほど影響はなく、最早どうでもよい問題となってきます。一つでも良い論文を書いて、一つでもきれいな手術の経験を増やしたいと考えていた若い頃とは大違いです。

これを、人間が出来てきた、と言うのでしょうか、それとも枯れてきたと言うのでしょうか。年齢と共に、価値観は変化するものです。

若い人の人生を、福笑いで失敗した顔のようにしないためにも、何らかの形で「何か変だぞ」と言う老人の勘、言葉、それを次の世代に伝えていくことが一つの責務なのかもしれません。

先人の言葉に、

「大研究には二つの時期がある。第一期は30歳前後、第二期は50歳以後である。第一は所謂天才の業である。第二は根強く永く辛抱して漸く出来る凡人の業である。前者が後者に勝るとは限らぬ。凡人は須《すべから》く50歳以後を待望しなくてはならぬ」

（市原明：古武弥四郎先生語録　生化学　第55巻9号）

とあります。若い世代には若い世代の素晴らしさと魅力があり、同時に経験を積んだ世代にはそれなりの役割があるのではないでしょうか。

ここに玄冬の時期を生きる私たちの世代の楽しみと役割があるのではと考えます。

助けたつもりが助けられ

私は現役時代、大阪大学と近畿大学、そして山口大学で眼科の診療をしてきました。そして今は福岡で診療をしています。

眼科の中でも私の専門は目の表面の角膜（いわゆる黒目）の病気です。ドライアイや角膜の感染症など、多くの患者さんの診療に携わらせていただきました。有り難いことに医学の進歩で、治せる病気が徐々に増えてきていますが、しかしそれでも現在の医学水準では治せない角膜の病気も実は沢山あります。

いつの日か、このような病気で苦しんでいる患者さんに笑って退院していただけることを夢見て、大学で研究を生涯続けてきました。そしていくつかの治療法を世界に先駆けて、見いだしました。

しかしながら患者さんの数が少なく、収益性という観点から多くの製薬会社はさらなる開発を躊躇《ちゆうちよ》し、残念ながら未だ医薬品としての承認は取れず、処方薬として全国どこでも使っていただくことは出来ません。

手術の方でも、白内障手術に加え、大阪大学時代に研修を受けた角膜移植手術を沢山行ってきました。

現在は、最早自分で執刀して手術をすることはありません。手術が必要であると判断したら、十分な経験を持った若い先生にお願いすることになります。ただ、福岡で診療を続けさせてもらっている最大の理由は、私が以前に手術をしたり、治療をした患者さんのその後の経過を見せていただくためです。

有り難いことに、今も沢山の患者さんが九州のみならず東京や大阪、そして韓国からも受診に見えます。

これは実は患者さんのためだけではなく、私自身の勉強のためでもあります。二十年以上前に行った手術の経過がどのように変化していくのかを学べますし、そのことはこれから手術や薬での治療を受けられる方々に、将来的な予測をお話しする材料ともなります。
つまり一人の患者さんの経験が、次の患者さんのお役に立っているのだとも言えます。

長い間診させていただいている患者さんとは、病気のことだけではなく、色々なことを雑談します。

小学生の頃に大阪で角膜移植をした患者さんが、三十年近く経ちますが、未だに何かと連絡をしてきてくださいます。働き出して初めてのお給料で、ハンカチを買って私にくださった時は本当に有り難く感激したものでした。今では鉄道マニアとなり、時間を見つけては、全国を鉄道に乗って旅して写真を撮っておられます。

残念ながらその方のお父様は最近亡くなりましたが、ご両親や妹さんの診察も昔にしていましたので、いわば家族ぐるみの付き合いの患者さんです。

妻が亡くなったあと、直ぐに心配して連絡をくださいました。電話で経過などをお話しして、今の生活を話したところ「先生、頑張ってくださいね」と励ましていただきました。

しばらくして、荷物が届きました。デパートやスーパーで役に立ちそうなものを見つけたからと言って、多種多彩なものを送ってくださったのです。お湯を注ぐだけで良い吸い物の素や親子どんぶりの素に加え、生野菜が冷蔵庫にない時に便利ですよと乾燥野菜などなど、細やかな配慮の品々でした。

男の私では絶対に見つけられないようなものばかりです。有り難く、その細やかな配慮に厚く感謝しました。

もう二十年近く前に、福岡で生まれながらに角膜に問題を持つ赤ちゃんを診察しました。残念ながら根本的な治療法はありませんでした。

それでも手術を、とのご両親の強い希望で左眼に角膜移植を行いましたが、結果は好ましいものではありませんでした。残された右眼を大切にしていくしかありません。

ご両親のお気持ちはよく分かりますが、治療をしても結果は悪くなるばかりではとお話ししました。

大人になって視力を失うのとは異なり、子供時代から視力がない場合には、「感覚代行」と言って、他の感覚が鋭くなってきます。眼科医としては悔しいながらも敗北宣言ですが、お母さんに、思い切ってバイオリンを習わせたらと提案しました。聴覚が鋭くなるかもしれないという期待からです。

勿論ご両親は、通常の学校に進学させたいという強い希望をお持ちでしたが、それよりも残されている他の感覚機能を訓練する方が良いのではと勧めました。

眼科医としては、患者さんの人生に少し立ち入り過ぎたかもしれません。

しかしバイオリンがとても上手になり、東京の視覚障害児の中学校、高等学校に進学し、視覚障害者のバイオリンコンクールでグランプリを取られました。さらに今年の春には、大学に進学しました。

オーケストラのある大学を選んで、これからもバイオリンを続けていきますと進学の報告に来てくださった時は本当に嬉しく思いました。

年に二回ほど福岡に戻ってこられた時に診察していますが、あの赤ちゃんがというほど立派に成長され、眼科医としてこれ以上何も出来ないことが申し訳ない気持ちでいっぱいですが、とても嬉しく思います。

同じ頃に、韓国から子供の患者さんを紹介され、診察しました。

全身の病気があり、目にも障害が出ている子供でした。角膜移植を行い、なんとか失明することは防げましたが、十分な視力は出ていません。

彼も年に数回、山口や福岡に診察を受けにきてくれます。「良くなってきたね」と言うのではなく、「変わりがないね」と言うのが精一杯で、やはり眼科医として何も出来ない自分を申し訳なく思います。

ご両親は、このお子さんをとても大切に育てられています。数年前にソウルの大学に招かれ講演に出かけましたが、その時ホテルのロビーでお目にかかりました。

「先生、僕の目はいつ見えるようになるのですか？」と質問されたことは、今でも忘れられません。

何の積極的な治療法もない病気ですから、どれほど図書館に出かけて過去の事例を調べても意味がありません。文献というのは、過去の事例を集めている場所です。現在答えのないことに対しては無力です。

ですから直ぐには役に立ちませんが、病気の由来を探る地道な研究だけが、将来このような患者さんを助けられる道を開くものです。

この患者さんは、日本語を勉強し、京都の大学に入学出来、今、一所懸命勉強をしています。患者さんや家族の皆さんと話をしながら、様子を見ていくしかないというのが、眼科医としては悔しいものです。

独りになって寂しさを感じる時、患者さんのどなたかから電話なりお手紙なりを頂戴して励まされますと、「お役に立つ間は、頑張らねば」という気持ちになります。また「子供が生活出来るのは、先生のおかげです」と、言ってくださるご両親もいますが、今では私が助けていただいていると思っています。

また、まだこの年寄りを必要としてくださっている方がおられるのだと感じられるのは、とても有り難いことです。

患者さんのお役に立とうとしてきた人生でしたが、逆に患者さんに助けていただいているのだと感じ、今では感謝しかありません。

第二章

「捨てる」から始まる新しい人生

思い出にふけってばかりはいられない

自分の死後を考えながらも、今生かされているこの時間に感謝し、愉しく生きる。

そのためには、妻との思い出にいつまでもふけるのではなく、新しく自分が蘇生出来るように、心と生活環境を再構築していくことが必要です。

それには、さらなる断捨離が必要であることに気づきました。

妻は亡くなる直前、少し体力的にも時間的にも余裕がありましたので、かなりの断捨離をしてくれていました。

家の中のことや、書類のことなども、ある程度は教えてくれていました。

しかし、いざいなくなりますと分からないものが山ほど出てきます。

妻の思いが籠《こ》もっていると思われるデパートのきれいな包装紙や紙袋など、私から見ればつまらないものが沢山残っていました。

このようなものを捨てるだけでも、最初の頃はかなりの決心がいりました。でも比較的、決心しやすいものでした。

しかし、二人の日々を明るくしてくれた花瓶や、旅の折々に一緒に求めたものたちには、妻の思いが詰まっているように思えて、なかなか処分することが出来ませんでした。

ですから、妻が好んで求めたお皿やガラスのコップなどの食器が、この四年の間一度も使うことなく、今でも食器棚の大部分を占拠しています。

私自身がいずれ使うかもしれない、という気持ちもありました。

それでも一つ一つ、知人にも手伝っていただきながら、妻が残していったものを、徐々に処分してきました。

その進みは実に遅々としたものです。

本人であればもっと思い切って処分出来るのかもしれませんが、遺された者の立場や気持ちを考えると、なかなか処分というのは出来ないものです。

私自身がこの世を去った後は、関西で生活している長男が、家の後始末はしますと言ってくれてはいます。ですが現実には、一つ一つを吟味して処分することなど出来ないでしょう。多分一括して処分するしかないのではと考えます。

それなら、私が元気なうちに、子供たちが使いたいというものを分別して、それ以外のものを処分しておいてやらないと、大変だとも思っています。

洋服やシャツなども、この四年の間に実際に使うものと一度も使わなかったものとが、はっきりしてきました。

いよいよ、私が死んだ後、遺された者の作業が少しでも少なくなるように、思い切って断捨離をする時期が来ていると考えるようになりました。

断捨離はなぜ必要なのか

断捨離の必要性を考えてみますと、

・独りで生活する時に、必要不可欠なものが何かが見えてくること。
・自分なりの整理が出来、必要なものが直ぐに出せるようになること。
・掃除などが楽になり、清潔な家で生活出来ること。
・忘れていたものが見つかり、無駄な買い物が減ること。
・家の中がスッキリし、転倒などの家庭内での事故の可能性が減ること。
・自分が死んだ後、遺された人たちへの負担が最小限になること。
・自分にとって本当に必要で大切な思い出が何かが見えてくること。

などが挙げられます。

現役の時ほどではありませんが、まだ少し仕事を続けながら、家事をしています。

そうしますと、毎日着る下着などの衣類、食事に必要なもの、契約書や請求書などの書類が、直ぐに出せることが肝心です。

探しものに多くの時間が取られていましたが、断捨離が進むにつれ、そのようなことは徐々に減ってきました。家の中がすっきりし、空間が生まれてきますと清潔感が出てきますし、ものにぶつかったりすることなども減ってきます。

この歳では、何もかも残しておく必要がありません。

いずれ来る死の時をどのように迎えるかと、死んだあと遺された人々に少しでもご迷惑をおかけしないこととを考えることも、断捨離の効果です。

捨てるもの、捨てないもの

処分するかどうかの判断基準というのも、時と共に変化していきます。妻と一緒に旅した時のパンフレットや入場券の半券でさえも、当初は残しておきたいと思うものでした。しかし、一年、二年と経ちますと、思い切って捨てても良いという判断ができるようになります。

職場の書類などでも同じことでしょうが、何か作業が終わった時には見直す必要があるかもしれないと、関連した書類や資料は一旦保存します。しかし数年が経ちますと、その作業が完了し、最早書類の保管が必要なくなるものです。家庭でもある意味同じことでしょう。

したがって、断捨離というのは絶えず見直しを繰り返し、その時点で不要となったものをとにかく処分していくということが肝要だと気づきました。

二度と必要としないと判断出来る時期が来たら、以前に保管した様々なものを処分するという繰り返しが必要です。

四年ほど、独りで家の中の片付けをしてみますと、二年間手に触れなかったものは基本的には処分して良いのだと感じ始めました。

家中の色々なものを改めて眺めてみますと、本当に必要な妻との思い出の品々は何か、ということを真剣に考えるようになりました。

家の中にある妻との思い出の品々の必要性という閾値が徐々に下がってきています。

捨てることの出来るものを捨てることで、本当に最後まで眺めていたいものが

浮かび上がってきます。

思い切って断捨離をするということは、生活のみならず、精神的に真に必要なものが何かを認識するという観点からも大切なことだと思います。

逆に考えてみますと、独りで生活している私が死んだ時に、あの限られたスペースの棺桶の中に是非入れてもらって、**あの世で妻に再会した時に見せたいものは何か**というのが一つの大きな判断材料です。

時間の経過が、判断を変えていくのです。

一年前には処分出来なかった品々も、四年経ちますと決心がつき、意外に簡単に処分出来るのだということも学びました。

時間の経過と共に、繰り返し繰り返し判断をして、少しでもものが少なくなるように処分していくことが肝要です。

本当に大切なものは心の中に刻まれている

この年齢で、独りで快適に生活するためには、可能な限りシンプルな生活をすることが肝要です。

長男が家を新築したのを機に、飾り棚を思い切って譲りました。

大変気に入っていた飾り棚で、中には色々な機会に求めたガラスや陶器の飾り物を入れて飾っていました。

正直なところ、手放すことでそれらの思い出も全てなくなるような気がして、少し躊躇はしました。しかし、思い切って長男に送りました。

不思議なことに、惜しいという感覚は全く湧いてきませんでした。

妻と一緒に求めたり、友人から贈られたりしたその瞬間の光景は、ものがなくても思い出すことが出来るからです。

本当に大切なものは、心の中に刻まれているのだということを学んだ気がします。

それよりも、飾り棚一つが居間から消えることで、急に居間が広く感じられるようになりました。部屋を占拠している様々なものがなくなりますと、実はとても掃除がしやすくなることを学びました。

職場の会議室のような、机と椅子以外何も置いていない部屋が、掃除という観点からすると、理想的かもしれません。

家庭では、会議室のように殺風景な雰囲気には出来ませんが、独りでの生活ではそれほど必要ない家具や飾り物を減らすことにより、掃除が簡単になり、少しでも清潔な部屋を維持することが出来ます。

仕事の合間に独りで家事をせねばならない状況では、家事が楽になるということはとても大切なことです。このような観点からも積極的に思い切った断捨離をさらに試みていこうと思っています。

安全な空間への第一歩

年齢を重ねて、独りで生活していますと、一番の不安は病気になったり怪我をしたりして、動けなくなることです。

一昨年、不注意から重いものを運ぼうとして本箱に激突しました。額と二本の指を切り、三週間近く入院することになりました。幸い足の方は問題がありませんでしたので、手術が終わり出血が止まってから、毎日病院内の駐車場を歩いて足の衰えをなんとか防ごうとしました。

それでもやっぱり気が弱くなってきます。

若い頃のように、積極的に外へ出かけることが少し不安になってきます。

二年経ちましたが、最近やっと傷のことを忘れかけてきました。

高齢者の一番の健康上の問題点は、転倒であると言われていますから、私も日常の生活でひっくり返らないようにと慎重にはなってきました。

歳をとってきますと、家の中で歩いていても、ちょっとしたものにつまずくことがあります。また床に置いてあるものが邪魔で少し体を捻《ひね》らねば通れないこともあります。

高齢者の転倒事故は、意外に自宅で起こりやすいと言われています。

確かに、壁から延びている暖房器具のコードや、置いてあるゴミ箱など、人の動きを邪魔するものが、意外と危険だということは実感します。

自宅での怪我などの不慮の事故を出来るだけ減らすためにも、**本当に必要な家具だけを残し、不要と思われるものを処分して、部屋の中を広くすることが大切**です。

二人で生活していた時とは異なり、独りだけで生きていくわけですから、自分自身一番生活しやすいように、一番事故が起きにくいようにするためにも断捨離は必須です。

妻が亡くなってから、お参りに来てくださる方々以外、基本的に家にお客様をお迎えすることはありません。

家の中の家具なども、独りで生活するには多過ぎるかもしれません。本当は不要だと分かっていても、家具を捨てるということは結構面倒です。

しかし機会を見ては、捨てねばなりませんし、同時に新しく家具や飾り物を求めないという決心が大切です。

自分流の整理整頓ルール

妻が元気な時には、家事を全て任せていました。全てのものが妻の管理のもとにあったわけです。

妻なりに使いやすいように工夫し、然るべきところに整理整頓してくれていました。

しかし、妻がいなくなりますと、どこに何があるのかが一番の問題となります。手をつけていない押入れや棚がまだまだあります。

先日も、そのような棚を一つ断捨離しようと作業を始めますと、

「え！　ここにあったんだ！」

ということが起こりました。

長い間探していたものが、妻なりの整理整頓のルールで結果的には私から隠されたところに保管されていたのでした。

思わぬものが出てきたり、予備として求めていたと思われるものが沢山出てきたり、ということが起こりました。

一ヶ所ずつ時間がかかりますが、**断捨離をしながら場所を空け、新しく自分なりの整理整頓のルールで置き直す**と、直ぐに出すことが出来るようになってきました。

これが独りで生活する上でとても大切なことだと思います。

家の中を、自分で把握して管理するということで、既に持っているのに買ってしまうという無駄が避けられます。

ちなみに、洗濯用の洗剤が、私の生涯でも使い切れないのではと思うほど沢山納戸に保管されていました。

妻がセールか何かの時にまとめて購入していたのでしょう。

もう新しいものは買わない

断捨離の基本は、今の生活で不要と思うものをとにかく捨てていくことです。
もう一つは、新しいものを買わないことです。

家の中には、長い人生の間に手に入れた思い出の品が沢山あります。
飾り物、花瓶、旅した時に求めた各地の品物などから、写真や本など本当に沢山の品物があります。

台所の電気製品などは、次から次へとより便利になって新製品が毎年発売されています。若い頃から新しい物好きの私は、つい新製品に買い換えようという気持ちになります。

しかし、独りで生活している私にとっては、新しく発売された製品の機能を使いこなせるわけではないと考えてしまいます。

今持っている製品の機能で十分で、何の不自由も感じていないのであれば、自分の残された人生の時間を考えると、壊れるまで使っていけばよいと考え始めました。

とはいえ、新しい電気製品などを見ますと子供のように嬉しくなり、わくわくします。

この気持ちが断捨離という観点からは危険です。

でも一方で、**愉しく生きるためにはこの「わくわく感」も必要です。**

ウインドウショッピングというものがあります。

「何か良いものがないかな？　いつか買いたいな」と考えて、素敵なお店を見て回ることですが、今の私には、**何か欲しくなったら、インターネットで探して、性能を見たり、価格を比較したりして楽しむこと**

でとどめておき、買わないというスタイルが定着してきました。

街をぶらぶら歩いて行うウインドウショッピングならぬ、インターネット上でのウインドウショッピングです。

結構買った気になれますし、発売日などを見てみますと、また近いうちに新しいモデルが出るのかなと想像して、「もう少し待とう、今持っているものでもう少し頑張ろう」とも思えます。

無駄遣いが減りますし、ものを買うと、梱包用のダンボールや今持っているものなど必ず捨てるものが出てきます。この処分のことを考えねばならないこともストレスの一つでした。

その意味でも、何かわくわく感が持てて精神的に満たしてくれる、インターネットでのウインドウショッピングが今のお気に入りです。

人生の最後まで必要なもの

それほど遠くない未来に自分自身の死期を意識し、独りで生活していると、最後の日々にもう一度振り返りたくなる思い出はどんなものだろうかと考えます。

妻が最後に入院した時に、持っていったものは、ｉＰｏｄ（アイポッド）に入った好きな音楽と、二人で旅した時の写真、お友達や家族と自由に話が出来るようにと携帯電話、それに病床での心の変化を綴る小さなノートと、ｉＰａｄ（アイパッド）でした。

私自身の最後の日々を考える時、妻の最後の時間の様子はとても参考になります。

その時に、本当に最小限度必要なものは何か、最後に見たり聴いたりしたいものは何かということをしっかり考えておかねばなりません。

本当に必要なものを求めるためにこそ、それ以外のものは断捨離しておかねばなりません。

家の中にあるものを全て持って、あの世へ行けるわけではありません。最後まで身の周りに置いておきたいものをはっきりさせるためにも、それ以外のものを思い切って捨てる覚悟が必要です。

多分、亡き妻の写真と先妻との間の子供たちの写真、好きな音楽、最後にお目にかかって御礼を申し上げたい方々のリスト、そして妻との間でいつも活躍してくれたぬいぐるみのポチくんが、私と一緒に天国へ行ってくれるのでしょう。

忘れることで生活が生き生きする

子供だった頃、何かの節目には、写真屋さんが家に来てくださり両親と弟の四人で写真を撮ったものでした。

写真を撮ることで、人生のある瞬間が切り取られ、それから先の人生で折につけ写真を見ることにより、懐かしいあの時期を再び呼び起こすことが出来ると信じていました。


結婚して、子供が出来た時には、写真を撮りまくりました。

まだ子供が幼い時などは、ものすごい勢いでアルバムが増えていきました。

毎日のように変化していく子供の成長の過程を写真を撮ることで記録し、二度と戻らない赤ん坊時代や幼い時の思い出を残そうとしたものです。

赤ん坊の成長を見つめながら、数ヶ月前のあるいは数年前の姿を写真で見直して、その成長を喜んだものでした。

もっとも二番目の子供が生まれた時には、最初の子供に比べて写真の量はかなり少なくなりましたが、ある意味物珍しさがなくなってきたことの証しかもしれません。

しかし、写真の量は決して子供たちへの愛情の量を示すものではありません。

このように様々な状況で、私は今まで、写真という形で記録を残してきました。しかし何十年も経った今、それらの写真のうち手元に残っているのは、本当にごくわずかです。

次から次へと新しい思い出が生まれ、同時に少し前の思い出が薄らいでいくというのが人生の原則のようです。

転居や様々な移動の間に、アルバムのほとんどが失われていってしまいました。

写真に残すことで、その瞬間が永遠に凍結されるのだとも考えていました。

でもこの歳になると、五十年、六十年前の写真は数少なく、自分自身の人生で意味のあることは、心の中で思い出されるだけです。

何かの拍子にとんでもなく些細な情景が、ふっと思い出されます。


もう亡くなりましたが、伯父の話を思い出します。

伯父も若い頃には、写真が好きで沢山の写真を撮っていたそうです。

しかし戦争中、東京大空襲で写真のみならず全ての思い出の品々が焼失したそうです。それ以来、一切写真を撮らなくなったと言っていました。

多分伯父は、全ての思い出を写真という媒体を使わないで、心の中に写し込むようになったのでしょう。

新しい生活が始まり新たな思い出が生まれると共に、昔の写真や思い出の品々は、徐々に消えていくものです。

忘却することで、新しい生活が生き生きしたものになることもあるのです。

時には、思い出の写真や品物が新しい生活の障害になることさえあるでしょう。

最近は、デジタルカメラで撮りますから、電子ファイルとしてコンピュータに保存しておくことが出来ます。

日付などで検索をすれば求めている写真が直ぐに出てきますので、とても便利です。

妻が先立ってから、コンピュータの中に保存されている写真を次から次へと出してきて、ディスプレイで眺めては、二人で出かけた旅先のことやその時々の小さな出来事を思い出していました。

でも時々プリンターで印刷して飾りたくなる写真があるものです。

そうすることで、今も妻が傍にいて一緒の生活をしているような気分になれたのでした。

お付き合いの断捨離

快適に生活するためと死後の迷惑を考えると、家の中にあるものの断捨離はとても大切です。私自身の手で、片付けておかねばなりません。

一方、ものの断捨離と同時に、様々なお付き合いの断捨離もしておく必要があります。

長男は離れたところに住んでいますが、遺品の後始末はします、と言ってくれています。

しかし、誰に連絡を取るべきかということだけは、明確に残しておいてくれないと困る、と言われました。

ものは、いざとなれば十把一絡げで、遺品ゴミとして整理すれば済みます。

しかし言われてみれば、私自身のお付き合いというのは、遺された者にとっては判断出来ないものかもしれません。

元気で、まだ頭が働いているうちに、私の死をお伝えする方々のリストや、妻がしたように弔辞を読んでいただきたい方のお名前などを残しておかねばならないなと考え始めました。


七十年以上も生きてきますと、色々な分野の皆様と様々な関係が出来上がっています。

死の直前まで、お付き合いを願いたい方を明確に理解するためにも、そろそろそちらの断捨離も始めなければならない時期かもしれません。

新しい交流にわくわくする

独りで生活していますと、一日中一言も話さない日があります。

ですから友人などから電話がたまにかかってくると、つい長くなってしまいます。家の外に出かけて、いろんな方々と話をすることが大切だと改めて気がつきました。

ただ、独りになってから、昔親しくしていただいていた方に連絡を取りましたが、最早私との関係は消えていると感じる方も沢山おられました。

一方で、懐かしく話が出来、それ以後何かと密に連絡が出来るようになり、一度お会いしようということになった方もおられました。

このように昔からの古い友と改めて旧交を温める機会でもありましたし、同時に今までとは異なる世界に新しく知己を得る機会でもありました。

今までの仲間は、仕事の関係でお付き合いのあった方がほとんどでした。旅に出る時は、しばしば妻と一緒でした。

しかし独りになってみると、一緒に旅をする人もありませんので、人生の楽しみ方が変化してきます。

私自身も積極的に色々な世界の方とお付き合いをしようとしますから、何かわくわくした気持ちにもなります。今までとは異なる世界の方々との人間関係が生まれてきます。

古くから親しくしている友人たちは私のことをとても心配してくれます。有り難いことです。何よりも妻が元気な時とはまた異なる形で古くからの関係が展開していきます。

台湾のT教授とは、研究分野が同じで以前から親しくしてきましたが、ある時から仕事上の付き合いだけではなく、家族ぐるみの付き合いになってきました。

私たち夫婦が台湾を訪れますと、次の年には、T教授ご夫妻が山口に来られます。一緒に山口の観光をしたり、温泉に泊まったりしていました。

妻が亡くなってからしばらくして連絡があり、

「寂しいだろうから直ぐに台湾にいらっしゃい」

と言ってくださいました。

台湾では、T教授のご家族が博物館や買い物に連れて行ってくださり、夜は妻の思い出を語りながら、一緒に食事をしました。

T教授の細やかな心配りは、大変有り難いことでした。

昨年の旧正月には、「元気にしている？　君の顔を見に、二人で福岡に行くから、一緒にどこかに出かけよう」とメールが来ました。

河豚《ふぐ》や水炊きなど福岡の美味しいものをご夫妻と私とで一緒に食べ、阿蘇を一周する小旅行をしました。

ほとんど一日中二人で、研究のことから人生のこと、あるいは死後の世界のこと、お互いの趣味のことまで、話が尽きませんでした。

奥様からは、「二人の大きな子供たちね」とからかわれました。

台湾や中国では、お正月は家族が集まる大切な季節ですが、私のためにわざわざ日本に来てくださった気持ちをとても嬉しく思いました。

研究を通じて始まった関係ですが、今では心の通った人間関係となっていることが有り難く、嬉しいことです。

「まだ生きていたの？」旧交で心が充電される

ちょうど日本のゴールデンウイークの時期に、アメリカで眼科の学会が毎年開かれます。私にとってはとても大切な学会でしたので、現役の頃は、毎年この学会に出席していました。

ですから私は、子供たちとゴールデンウイークに何処かに出かけたということが全くありません。きっと寂しい思いをさせていたのでしょう。

毎年、学会が終わって帰ってきますと、家の周りのツツジが満開だったのが、印象的でした。眼科の教授を定年で退任してからは、基本的に研究から遠ざかりましたので、報告する新しい研究成果もなく、学会に参加することはなくなりました。

今年は、この学会が初めてハワイのホノルルで開催されることになりました。妻の追悼集『桜輝』の出版に際して、編集から印刷まで全ての面倒を見てくださったHさんは、私の誕生日などに食事に誘ってくださり、四方山話《よもやまばなし》をしながら私を励まし、元気づけてくれていました。

そんなHさんがある日、

「先生、海外の学会に是非出かけてこられては？　先生のご性分からして、家の中で思い出にふけっているようでは、よくないと思います。海外の学会で、昔からのお友達と色々と議論されることが大切で、それが先生が一番元気になる道でしょう。自分も色々と学会のことについて指導していただきたいので、一緒に社員を出張させますので、よろしくお願いします」

と言ってくださいました。

一昨年の怪我以来、万一のことを考えると独りで海外に出かけることが不安でしたが、どなたか一緒に行ってくださるのであれば安心だと思いました。

また、近畿大学のS先生たちのグループの研究について色々とディスカッションして指導していましたので、発表演題の著者の一人になりました。S先生ご夫妻も「先生、一緒にハワイに行きましょう」と言ってくださいました。

このように強く背中を押され、一昨年の怪我以来躊躇していた海外に出かけることになりました。

久しぶりに学会に参加してポスターの前に立っていると、古くからのアメリカやアジアの友人たちが、寄ってきてくれました。

「まだ生きていたの？」

などと軽口を叩きながら、やってきます。

それからしばらく、この数年の出来事などを話し、以前に色々と議論をした時のことなど、思い出を語り合いました。

私が若い頃、話しかけてくださっただけで嬉しくて興奮した長老の先生方には、もうお目にかかれませんでしたが、同世代か少し若い世代の研究者と、色々と話をすることが出来ました。

もちろんS先生たちの研究内容についても話をして、議論しました。

十年以上前の自分に戻ったような気分になりました。

急に出かけることを決心しましたので、あらかじめアメリカの友人たちには連絡をしていませんでしたが、ポスターの前で会うことが出来ました。

近いうちにもう一度それらの先生方の研究所に遊びに行くことを約束し別れました。

学会が終わってからしばらくして、「君が学会に来ていたとは知らなかった。後で君がいたことを聞いて、会えなくてとても残念だった」といった内容のEメールも送られてきました。

眼科の教授を退任したこと、大学の運営にしばらく関係したこと、年齢を重ねたこと、そして妻を失ったことなどで、すっかり第一線の研究から遠ざかっていました。

しかしHさんが背中を押してくださったおかげで、思い切って出かけられたこと、S先生ご夫妻が何かにつけてとても親切に心配してくださったことから、すっかり元気になりました。

放電ばかりしていた自分が、再び完全に充電されたような気分で、また機会を見て海外の学会に出かけようという気になってきました。

歳をとって、もう一度このような気分になれるのは、とても有り難いことです。何よりも、まだ何か自分がお役に立つかもしれないという感覚は、自分を元気づけるのに十分な起爆剤です。また、古くからの友人が色々と心配して背中を押してくださることも感謝しかありません。

自分がとても恵まれていることに改めて感謝しています。

いつの日かこの世を去る時まで、最後まで、力を振り絞って頑張ろうという気にさせてくれます。

理髪店で得た新しい知己

今まで妻が元気だった時にはなかった人間関係も生まれてきています。

月に一度ほど出かける理髪店のOさんとは、髪を整えてもらいながら、以前から色々と話をしていました。

Oさんは本を読むのが大好きです。

私が理髪店の椅子に座ると先ず最近読んで感激した本の話から始まります。興に乗ると椅子を持ってきて、髪を触る手を休めてお互いに異なる観点から意見を戦わせることもありました。

しかし、それまではお店での会話だけでした。

一昨年の暮れに、「大晦日の日に独りで何もすることがないのなら、ジルベスターコンサートのチケットが手に入ったから一緒に行きませんか」と連絡がありました。

そこで、Oさんと Oさんの友人と私の三人で、食事をしてコンサートに出かけました。

久しぶりに出かけた音楽会でした。

カウントダウンをホールで行い、迫力あるオーケストラの音楽を楽しみました。それから、三人でホテルのバーに行き、新年を祝ってシャンパンを飲みました。

それ以来時々三人で食事に出かけます。私が今まで行ったことのない福岡のレストランや居酒屋などにも連れて行ってくれます。

今までの私自身の人生とはまた違う世界を見せてもらえるようで、わくわくして楽しいものです。

家にいる時は、出来るだけ自分で料理を作っています。

料理を作ること自体は、徐々に楽しくなってきていますが、やはり食卓で独り、誰とも話さずに黙々と食べるのは精神衛生上良くありません。

そこで、機会を作っては、時々診療に行く近くの病院のE先生や若い先生方を誘ったりしています。

亡くなった妻は最後までE先生と一緒に手術をしていました。そのこともあってか、E先生は今も私のことを何かと気にかけてくださいます。

E先生の眼科外来で、難しい症例などを診療したり、大学から派遣されている若い先生方を指導したりしてくださいとのことで、私は二週間に一度診療と指導に出かけています。

最新の知識は最早指導することは出来ませんが、診療の基本姿勢や私の専門領域での基本的な知識などはお話しすることが出来ます。

年寄りの一つの利点は、一つの疾患についても歴史的な観点からお話し出来ることです。現在の考え方に至る歴史的な経過を話すと、若い先生がとても目を輝かせて聞いてくれます。ここに老・眼科医の一つの役割があるのでしょう。

ちょうど、この病院で以前指導した女性の先生が今大学に戻っていて、今回ハワイの学会に出席されるとのことでした。

そこで、その先生のお友達も一緒に皆でハワイ料理の美味しいお店に食べに行こうと食事に誘いました。

食べ切れないほど沢山の美味しい料理とカリフォルニアワインと、何よりもおしゃべりを楽しむことが出来ました。傍から見ると、老人が孫に説教しているようで、四人の先生には迷惑だったかもしれません。

レストランのご主人から、

「四人の若い美しい女性と一緒に食事が出来る秘訣は何ですか?」

などとからかわれてしまいました。

皆さんも満足されたようで、私も大変楽しい一時でした。

福岡に診療に出かけて時々宿泊することがあります。いつも同じホテルですので、そのホテルのラウンジで朝食やカクテルアワーを楽しませてもらっています。

そのうちに担当スタッフの若いお嬢さん方に顔を覚えてもらえるようになり、朝の挨拶や手が空いている時には短い時間ですがおしゃべりをするようになってきました。

このように今までとは全く違う世界の方々でしかも若いお嬢さん方と気楽におしゃべり出来るというのは、とてもわくわくした気持ちになり楽しく、心と頭の刺激になります。


いつまでも独りになったことを嘆いているのではなく、古い友と新しく得た知己と、楽しい時間を持つことが出来るようになりました。これは妻が望んでいた愉しく残りの人生を過ごすことに繋《つな》がるのではと思います。

ただ、もうこの歳ですから、新しく複雑な関わりを持つことは避けたいとは思います。

七十二歳、初めてのキャンプ

真の友人というのは、ラインやメールでいつも連絡をしていなくても、長い年月を超えても即座に心が通じ合うものかもしれません。

大阪大学医学部の学生時代、九州の飯塚市出身のK君とは、ボウリング部で一緒に活動していました。

彼はスキーが大好きで、夏でも冬のスキーのためのトレーニングをしているような男でした。冬になると、何人かの仲間で大阪から白馬まで車で出かけました。車のトランクの中には、スキー場ではとても高価な、レタスやレモンなどの新鮮な野菜を沢山積み込み出かけたものでした。

駐車している車のトランクがちょうど冷蔵庫代わりをしてくれており、雪の深いスキー場でも生野菜を食べることが出来たのです。

K君と当時のフィアンセ（今の奥様）は、とてもスキーが上手ですが、私は全くの初心者で、ただ若さゆえの無謀な滑り方をするだけでした。

スキー板が外れますと、彼がすぐにはめにきてくれました。とても世話をかけたものです。おかげで、学生時代はスキーを下手なりに思い切り楽しめました。

私と違い、K君はアウトドア派で、七十歳を過ぎた今でも冬はスキーに夏はサーフィンにと出かけています。当時は彼のアパートにも度々遊びに行き、何かと夢を語ったりしていました。

私は医学部を卒業する頃に、なぜか臨床医になることがつまらなく思え、大阪大学蛋白質研究所で、基礎医学者の道を歩み始めました。

彼はいずれ飯塚市に戻り開業医になると決めていましたので、卒業後しばらく大阪の病院で研修をし、故郷に戻り勤務医となりました。卒業後は、二人の人生の道は全く交差することなく、数年に一度会う程度の関係でした。

その後彼は循環器内科を開業し、もう三十年になります。

たまたま私が山口大学に勤めることになり、一気に二人の地理的な距離が縮まりました。一度博多で会って食事を一緒にしようと言い合いながら、二人とも忙しく、なかなか会うことは叶いませんでした。

山口に来て二十年間、一緒に食事をしたりという機会はほとんどありませんでした。

でも二十代の頃の友人というのは本当に有り難いものです。

先ほど述べましたように、二人は卒業後全く異なる人生の道を歩んでいましたが、私が様々なピンチに陥ると必ず彼が登場してくれました。

私が前妻と別れ、初めて独りでお正月を迎えねばならなくなった時です。

彼の奥さんが沢山のがめ煮を用意し、さらに黒川温泉に独りで泊まれるように手配してくださり、お正月を過ごしました。

がめ煮というのはこれほど美味しいものなのかと心から思いましたが、そこにはK君ご夫妻の、優しい心遣いという最高の調味料が使われていたのでした。

亡き妻と再婚した時には、大阪で簡単な披露宴を持ちましたが、K君ご夫妻と二人のお嬢さんが九州から駆けつけてくれ、心から祝福をしてくださったものでした。

また私が福岡市の西日本新聞社から西日本文化賞を頂戴した時に、何人かのゲストを連れて来て良いとのことでしたので、K君ご夫妻に来てもらいました。ここでも我がことのように喜んでくれました。

妻が亡くなった後も、わざわざ宇部市の自宅にまで来て、仏壇とお墓にお参りしてくださいました。それ以来、機会を見ては、メールや電話があり、

「おい、元気にしてるか？」

と気にしてくれます。返信が遅れたりすると、メールや電話で何回でも「大丈夫か？」と心配してくれます。

「君が憂いに我は泣き、我が喜びに君は舞う」

という歌の一節があります。歓びや悲しみがあった時に、さりげなく傍にいてくれる友人というのは得難いものです。

二つの人生の道が、学生時代に大阪で交差したものの、その後は全く異なる道をそれぞれ歩んで来たわけですが、私にとってK君は大変貴重な親友です。

幸い、K君のご子息が今年から戻ってきて父君と一緒に診療をすることになりました。そのようなわけで、初めて平日に休むことが出来るようになったのです。私も開業医の子供でしたからよく分かりますが、開業医というのは、本当に休みを取ることが出来ません。家族で何処かに出かけるのは、お正月の休みだけでした。

ある日、K君から連絡があり、ご子息のキャンピングカーで男二人のキャンプに出かけないかという提案でした。

妻が亡くなってから、何かと私のことを心配してくれていました。どうも家に籠もって不健康な生活をしているのではとの危惧から、キャンプに誘ってくれたようでした。

ところが私は生まれてこの方、キャンプというものには行ったことがありません。何をして良いのやら、重い薪でも運ばされたら大変だなどとつまらないことをつい考えてしまいました。

K君には、きっと私の反応がお見通しだったのだと思います。

「キャンプ生活ばかりだと、お前はきっと二度と行かないと言うに決まっているからな」

というわけで、変化に富む（甘い汁を吸わす）細かな予定を組んでくれました。

前日に彼の家に寄せてもらい、奥様の手料理をいただき、翌朝彼の運転するキャンピングカーで別府温泉に出かけ、ゆっくり温泉に浸かって美味しい料理を楽しみ、翌日に久住高原に移動して、オートキャンプ場でキャンプしようとのことでした。

道中、中津市で鱧《はも》料理の美味しいお店を予約してくれていましたし、帰りには高森田楽保存会というお店でこれまた美味しい田楽を昼食にいただきました。

初日の温泉は実に気持ちの良いものでした。平日で、それほどお客さんがなく、貸切りのような温泉に浸かりました。

古くからの親友というのは、お互い若い頃からの失敗も成功もよく知っていますから、何も隠すことはなく遠慮なく話が出来ます。

このような二人で、温泉に肩までゆったりと浸かるのはとても気持ちの良いものでした。

翌日は、久住を目指して出かけましたが、どうも天候がすっきりしません。

昼食は、九重町の素敵なオーベルジュでいただき、午後早くにいよいよ久住高原オートキャンプ場に到着です。

私たちの他には一組だけ車が停まっていました。しかし、しばらくするとテントをたたみ始め、帰っていってしまいました。

それもそのはずです。その日、久住高原では、四月の初めというのに、気温が低く夜は一度という寒さでした。

その上、とんでもない強風でテントも満足に張ることが出来ないような悪条件です。

K君は慣れた手付きで、次から次へと車からキャンプ用品を運び出し、屋根に相当する部分だけは車から張り出すことが出来ましたが、横のテントは風に吹き飛ばされ張ることが出来ません。

ただぼうっと見ている私は、寒いだけです。内心では、向こうに見えるロッジで今夜は宿泊しようかと言わないかなと考えたりするほどでした。

しかしK君は、キャンプを中止するという意図は全くなさそうです。とにかく「早く火をおこそうよ」ということで炭に火をつけますが、この日のためにいつもと異なる備長炭の炭を持ってきてくれていたために、なかなか火がつきません。

私は何もすることがなく、言われたことだけはしますが、それ以外はただ「おい寒いな」と喚《わめ》くだけでした。

結局事務所から薪を求めてきて、初めてキャンプという感じの炎が上がりました。

やっと火がつき、コーヒーをパーコレーターで淹《い》れ、持参した魚介類や肉を焼き、寒い中二人で食べながら、過ぎ去りし昔を懐かしんで色々と話をしました。私が忘れているようなことが、彼の心に残っていたりして、「あんなことがあったよな！」と言われて、初めて思い出すこともしばしばでした。

もう既に亡くなったお互いの両親のことも知っていましたから、家族のこと、友人のその後の話、そして何よりも今の生活に至る家庭の話と、話題は尽きませんでした。

同じ大学で同じように教育を受け、学びながら、一人一人の背景の違いや、考え方、人生観の違いなどから、実に多岐多彩な人生を皆が歩んできているようです。

彼は、最初から故郷で開業医をするという目標があり、それに沿って学生時代、研修医時代を過ごし、さらに故郷の病院で研鑽を積み、今の開業医という形を取ったようです。

一方私は、学生時代は父親の後を継いで開業医になるものと、両親も私自身も考えていました。

K君の話では、同級生の中で一番初めに開業するのが西田だと皆は考えていたということでした。それが、卒業直前に、基礎医学の道へ進もうなどと考えたことが、私の人生の全てを変えてしまいました。

今振り返ってみても、まさか生涯、医学部の中で人生を過ごすなどということは自分自身想像だにしていませんでした。

しかも、アメリカに留学中に、やはりアメリカに留学した先輩で目覚ましい活躍をされていたM先生の影響で、基礎医学から眼科へと方向転換するなどとは、さらに思いもよらない人生の道でした。

家業を継いで欲しい私の両親の失望は大変大きなものだったことはよく分かっています。

その意味では申し訳ないと思いますが、でも全ての人生の分かれ道での選択を自分でし、その道を必死になって進んできたという点では、自負がありますし、後悔していません。

横にいくら素晴らしいハイウェイが走っていても、自分の決めた道をコツコツ歩んだという誇りです。


K君との話は尽きませんでした。おこした火を前にして、古希を過ぎた男が二人震えながら、互いの過ぎ去った過去について話し合っている姿は、他の方がご覧になったら、異様だったかもしれません。

しかし、眠ろうにも寒過ぎます。オートキャンプ場ですので、一〇〇ボルトの電源がありました。いつも用意周到な彼は、万一に備えて電気毛布を二枚持ってきてくれていたので、車の中に寝るスペースを作り、電気毛布と寝袋を使って眠りました。

翌日は、阿蘇を通って福岡に戻ろうとしましたが、途中で雪が待っていました。本当に寒い日のキャンプでした。内心「もうキャンプは誘われても行かないぞ」と思う自分と、「若い頃の親友と色々と話が出来て楽しかったな。また誘われたら出かけよう」という自分がいました。

すると、彼から新しい提案がありました。

それは、今回の経験を生かして、一週間ほど南九州をキャンピングカーで男二人旅をしようというものです。

本当にこのように誘ってくださることが嬉しく、楽しみにしています。

第三章

新しいことに挑戦する

「恥ずかしい」はもういらない

人間の脳は生涯でたった十%しか使っていないそうです。歳をとって、使っている十%がだんだん減ってくるものでもあるそうです。残りの九十%は一生涯使われずにこの世を去っていくそうです。

そこで考えたのは、使っていない九十%を少しでも使い始めたらどうかということです。

そのためには、今までやったことのない新しいことに挑戦しては、と考えました。

妻の死後、二十年以上生活した山口を離れて故郷の大阪に戻るか、それとも現在働いている福岡に移るかということを考えました。引っ越しをすれば、思い切った断捨離も出来ます。

しかし山口は、春になると色々な花が咲き、新緑が鮮やかで鶯《うぐいす》などの鳥が鳴き、夏には蟬が、秋には見事な紅葉と虫たちが鳴く素晴らしい環境です。

その魅力からか、今も離れることが出来ないでいます。妻と過ごした思い出がいっぱい詰まっている家を離れるという意味でも、なかなか決心はつきません。

ですから、将来自分独りで生活することが出来なくなるまで、現在の住居で頑張ろうと決心しました。


独りで生活することの最大の不安は、周りの皆さんにご迷惑をおかけするようなことにならないかという健康面での不安と、戸締まりや火の始末などへの気遣いです。

ともあれ少しでもボケないように、頭を使っておかないと、と考えました。独りでいると、思い出にふけったり、どうしてお前は先だったのだなどと亡き妻に愚痴ったり、その日の家事のことを考えたりしてしまいます。

そこで、もし妻が元気でいてくれて二人で生活を楽しんでいたなら、多分一生行わなかっただろうことに挑戦し始めました。何か手を使い、独りでも楽しめることを、と考え、書道教室に通い始めたのです。


子供の頃、習字が大嫌いでした。ろくすっぽ墨を磨《す》らないで、水のような薄い墨で適当に字を書いていました。

中学校の時には、あまりの酷さに、習字を担当されていた先生から、「夏休みに家に来るように」と言われ、特訓を受けましたが、すぐに諦められたのか、「もう来なくて良い」ということになりました。

不思議なもので、実はそれ以来書道というのが私にとっての一つのコンプレックスとなり、逆にいつかはきちっと習ってみたいという気持ちを生涯持ち続けることになりました。

中国の大学に客員教授として招かれた際には、書道のお店に連れて行ってもらい、筆だとか硯などを求めていました。

しかし結局は一度も使ったことはなく、ただコンプレックスの裏返しで、いつかするかもしれないという気持ちで、道具を集めていただけでした。

「弘法筆を択《えら》ばず」という言葉がありますが、「弘法大師が、筆を選んでおられたら、もっとすごい字をお書きになったはずだ」などと嘯《うそぶ》いていたものでした。

そこで習字をきちっと、一から習いに行ってはと考えました。

前著を上梓した後、版元の勧めで、五十年来の友人であるS君と対談することになりました。すると彼が「今、陶芸と書道をしているが、とても楽しいものだよ」と言います。

その言葉も、私の背中を強く押してくれました。

さて、インターネットで書道教室を色々と調べましたが、七十歳を過ぎた私が行くには恥ずかしい、という気持ちが強くありました。

しかし大人を対象としている教室を福岡で見つけ、思い切ってある日、見学に出かけました。応対してくださった方が、とても親切で、なぜか「この歳で」という恥ずかしさが吹っ飛びました。

考えてみれば、もう妻もいませんし、この歳です。

恥ずかしさなど、持つだけ無駄だとも思い、入室を決めました。

◇習字で心と向き合う

さて、こうして私は毎月二回、書道教室に通うことになりました。書道の礼儀や作法も、やり方も何も知りません。最初の日は、どうして良いか全く分かりませんでした。教室で勧められた筆、墨液や硯などを求めましたが、どのようにして使えば良いのかも分かりません。皆さんのなさっていることをきょろきょろと見ながら所作を真似して、とにかく字を書き始めました。

教室はしーんとして静かで誰も無駄口を叩かず、ただひたすらに筆を運んでおられます。

先生が、順に回ってきてくださり、一人一人に筆の運び方など色々な注意を与えてくださいます。最初はとても緊張していました。初めてお目にかかる方々の中で、それはそれは酷い字しか書けない自分がいました。

でも二時間ほどひたすらに同じ漢字を書いていると、何とはなく様《さま》になってきます。

先生がとてもお上手で、この部分が良いですね、などと乗せてくださるので、ますます嬉しくなってきました。

一ヶ月の間、同じ二文字か四文字の漢字を書きます。最初のうちは、お手本を見て、真似をしようとして書きますので、バランスがうまくとれず、筆にも勢いがありません。

しかし、十枚ぐらい書くと、大体が頭に入り、滞ることなく書き上げることが出来るようになってきます。

そうなりますと筆に勢いが出てきます。時々、先生から「字に勢いが出てきましたね」と言っていただけるととても嬉しく思いました。

しかし、注意していただだいたところに集中して書きますと、先ほど褒めていただいたところが崩れてしまいます。

たった四つの文字ですが、全てをきちっと書き上げるというのは本当に難しいものです。急いで書くと駄目ですし、時間を気にして書くと荒れた字になります。

私たち医師が新しく手術を学ぶ時には、最初の頃「Learning Curve（学習曲線）」というものがあり、安定した手術が出来るようになるまでにある程度の症例をこなさねばなりません。

逆にこの期間は、指導医が細心の注意を払わねばならない時期です。

習字も手術手技の習得と同じようなものであると感じました。

良い先生に指導していただきながら、練習を重ねるしか上達の道はないのでしょう。

そのうち、字を書くことが楽しくてしようがなくなってきました。教室は二週間に一度ですが、教室のない週は自宅で硯を出してきて墨を磨り、字を書き始めると雑念が頭の中から消えていきます。

二、三時間、ひたすら黙々と字を書くようになりました。

何も雑念を入れず、ただひたすら習字に集中している時間というのが楽しいのです。しかし子供時代から、学校の勉強では予習も復習もしなかった私が、書道教室の復習をするようになるとは、我ながら驚きです。

でも、まだ習い始めて半年も経っていませんので、下手な字であることには変わりはありません。

中学校以来の友人から、書道というのは人間的にも素晴らしい先生につかないと駄目だよと教わりました。単にきれいに字を書くということだけではないようです。

実際に自分で書いてみますと、同じ字は二度と書けませんし、その時その時の手の動き、手のためらい、集中しているかどうかなどが、全て字に反映されます。筆の状態も大切な因子ですし、墨の濃さも、筆の動きひいては字の動きや力強さに変化を与えます。

ある日、少し浮気心を出して、先生から求めた筆ではなく、家にある以前中国で求めた筆を使ってみました。使われている毛の材料が違うのでしょうか、いつもとは全く違う感触でした。筆先が柔らかいか固いかによっても、字の勢いが変わるものだと学びました。

いつも教室では楽な墨液を使いますが、家でいくつかの墨を使って磨ってみました。

墨によっても、字が変わるのです。

一つの字を書くのに、自分自身の心の安定に加え、筆や墨の種類によって字の勢いや形が変わるということを知りました。いずれ筆、墨、硯などのことも学んでいけたらなと思っています。

始めたばかりで生意気なことは何も言えませんが、自分の心を表す楽しい作業のようでわくわくしています。

自分の心の様子が本当に素直に字に表れることが、また楽しみです。

このようにして、妻が先立って独りになっても、あるいは独りになったからこその楽しみを一つ手に入れました。

文章を書くことで頭の中を整理する

職業柄、科学論文や医学論文は沢山書いてきました。雑誌から依頼を受け、短い随筆のようなものを書いた経験もあります。

しかし、前著のように一冊まるまる随筆を書いたことはありませんでした。おかげさまで皆様方からご支持をいただき、このように続編を書かせていただけることになりました。

これも私にとっては、独りになってからの人生での新しい挑戦の一つです。

ある日、妻の一周忌に合わせ、妻の幼い孫たちのために追悼集を作ろうと考えました。懇意にしているH氏が「先生、全面的に手伝いますから、是非追悼集を作りましょう」と仰ってくださり、背中を強く押してくださいました。

有り難いことに、妻の中学校、高等学校、大学時代のお友達、また、眼科医として働いていた時代のお知り合い、そして私の妻として山口に来てから付き合いのあった方々など、たくさんの方々から追悼文を頂戴しました。

妻は入院中、ずっと病床日記のようなものを書いていました。病気の経過と共に心の中で、どのように現実を受け入れていっているかの記録です。これも抜粋して所収しました。本の最後には「妻と過ごした日々」と題して、私からの追悼と思い出の記を残しました。

妻は花鳥風月の自然の趣、特に桜が大好きだったこともあり、表紙に月、水、桜、若葉を表し、装丁にもこだわりました。

そうして追悼集『桜輝』が出来上がったのです。妻のお友達やお世話になった皆様方に、供養として一周忌までにお送りさせていただきました。

追悼集を作る作業は、気持ちを奮い立たせるとても良いきっかけでした。

このような目標がなければ、家の中に籠もりいつまでもじっとして思い出にふけっていたかもしれません。

生産的なことで時間を埋めることが出来、とても良い経験でした。

この追悼集『桜輝』が妻の思い出の一冊になった一方で、七十歳を迎えて独り残された私自身の生活が具体的にどのように変化し、また時が経つことにより精神的な面でどのように変わっていくのかを書いたのが、前著『70歳、はじめての男独り暮らし』です。

文章を書くということは、同時に自分自身の頭の中を整理することでもあります。文字にする前にしっかりと考えをまとめねばなりません。

七十歳を過ぎた男が、ただだらだらと生活をするのではなく、何かの目標を定めて生活するというのはとても張り合いのあることです。

このような形の本を書くということはある意味で初めての経験ですが、毎日の生活に活力を与えてくれます。そのような意味でもとても良い経験が出来ていると思います。これも私にとって、新しい挑戦です。

「一汁一菜」がいい

妻が先立ってから、皆さんに教えていただき、色々と失敗をしながらも、何とか家事を学び生活してきました。

料理についても、自分で作ったものですから多少味が良くなくても、達成感という味付けで自分なりには満足して食べられる程度には作れています。しかし人様にお出し出来るレベルでは決してありません。

料理を始めた最初の頃は、ウェブサイトの「クックパッド」が料理の先生でした。沢山のことを教えてもらいました。

妻の生前、食事というものは、少しずつ色々な種類のものが出るのが当たり前だと思っていました。

しかし自分で料理をし始めると、幾つものメニューを用意することがとんでもなく面倒な作業だということに気づきました。

また、スーパーで食材を求めて料理を作ると、出来る最小単位が独りの食事にしては多いものですから、肉にしても野菜にしても多種類で少量ずつというメニューを作ることが難しくなります。妻はよくしてくれていたのだと改めて感謝の気持ちでいっぱいです。

今はなにかと東京や福岡に出かけることが多く、家で食事をするのは、週のうち三日ないし四日ですが、慣れるまでは夕方になるとその日の夜に何を食べるかを決めることが大変でした。

冷蔵庫の中を覗いて、何が残っているかをまず把握し、決めたメニューに合わせ、スーパーに必要なものを買いに走ったりせねばなりません。

しかし、一人分を作るはずがどうしても多く作り過ぎてしまいます。

そのうちに少しだけ知恵がついて賢くなってきました。

先ず、その日に何を食べたいかを決めます。肉か魚のどちらか、肉であれば、牛肉、豚肉、チキンのどれかを決めます。

次に調理方法を決めます。基本的には焼き物がほとんどですが、魚の煮物や牛肉のトマトソース和え（つまりシチューくずれ）などに挑戦する時もあります。なかなかうまく卵で包めませんが、挽肉を使ってのオムレツ作りなどにも時々挑戦しています。

野菜は、サラダとして一部を食べ、残りの野菜を蒸したり、炒めたりして温かい野菜として肉などに添えます。

さらに、便利な汁の素があります。熱湯を加えて、汁を作ります。

大体このパターンで考えると、その日のお腹の空き具合と気分で、メニューが決まります。

最初は色々と作ろうとしましたが、この基本のメニューで十分だということが分かってきました。

土井善晴氏が『一汁一菜でよいという提案』（グラフィック社、二〇一六年）という本を出版されていることを最近知りました。私の場合、経験的にサラダなどの野菜を加えて、一汁二菜になってきましたが、土井氏の本を読ませていただき、これで良いのだと自信を持ちました。

素敵なレストランでメニューを見て、前菜から順に何にするかを考えるようなことを家庭の日常生活でする必要は全くなく、「一汁一菜」の精神で行けば、メニューの決定も楽になります。

決して粗食なのではなく、健康にも良いものです。

特に古希を過ぎて肥満の私にとっては、一汁一菜の精神こそが大切ではと考えるようになりました。

もちろん調理時間を短くするためと、食後の後片付けを簡略化するために徐々に種類が減ってきたという理由もありますが、新しく私なりの食事スタイルが出来上がりつつあります。

野菜は「蒸し野菜」がいい

最初の頃は、野菜を取らねばということで、まず買ってきたカット野菜のサラダを必ず食べ、それから魚や肉を食べるようにしてきました。

しかし、そのうちに温野菜が恋しくなり、またどうも冷えたサラダはお腹に応えるような感じがしてきました。そこでほうれん草やキャベツ、それにかぼちゃなどをオリーブ油で炒めたりしてみました。野菜は火を通すと嵩《かさ》が減り、結構沢山の量を食べることが出来るものです。

しかし、油を使った炒め物も毎日となると飽きてきますし、第一減量を指示されている私は、出来るだけ油を減らしなさいとも言われています。

先日、台湾の古くからの友人であるT教授夫妻が、福岡に来てくれ、三人で阿蘇を一周して一日楽しみました。

その間に、車の中で食事の話になり、奥さんから野菜は蒸すのが一番だということを教えられました。中華鍋に水を入れ沸騰させてから、大きく切った野菜を網の上に載せて蓋をして蒸すと手軽に美味しい温野菜が出来るとのことです。納戸を探してみますと妻が使っていたと思われる角型の鍋があり、中には穴の空いた皿のようなものが入っていました。多分これを使えば蒸し野菜が作れるのではと考えました。

実際にやってみますと、水の量の加減が難しく、最初は少な過ぎ空炊きになり鍋の底が焦げついてしまいました。今度は水を増やすと野菜の湯炊きになってしまいました。ちょうど野菜が柔らかく火が通る程度に水の量を調整することすら慣れるまでは難しいものでした。

次の問題点は、どの程度の大きさに野菜を切るかということです。生の野菜を一口大に切って蒸しますと、とても小さなものになってしまいます。

ここでも、蒸し終わった時にちょうど食べやすい大きさに切ることを学びました。

何よりも温かい野菜は、お腹に優しく、また野菜というものがこれほど甘いものかということが分かりました。

それ以来大好きな調理法の一つになりました。


実際食べる時に、どのような調味料で食べるかも楽しみの一つです。

基本的には、先ほど述べました油分と同様に塩分も控えるように言われていますので、レモン汁だけをかけたり、ポン酢で食べたりしていますが、時々ゴマのドレッシングをかけたり、山葵《わさび》醤油で食べたりと変化に富ませています。

確かに蒸し野菜は良いものだと感じます。葉物でも良いですし、大根や人参などの根菜でも美味しくいただけます。

それに加えて、ビタミンCの補給のために、毎日何か一つ果物を取るように努力しています。

お昼ご飯は流行の「作り置き」を多用

一日家にいる時は、昼食も作らねばなりません。面倒です。奥様方が、昼食は簡単に済まされたり、友達と外でランチをされたりする気持ちが分かってきました。

午前中、家で書き物や調べ物などをして、午後も続きをする時に、昼食の準備のために多くの時間を費やす気にはなかなかなりません。

カレーライスが大好きですので、ついレトルトのカレーで済ますこともしばしばでしたが、最近ではうどんやスパゲッティなどの麺をゆでたりして、簡単に作って食べることが出来るようになってきました。

薬味は小さく切ったネギをスーパーで購入していましたが、最近はネギを買ってきて自分で小さく刻みタッパーに入れて冷凍しておくと良いということを覚えました。

ショウガもあらかじめ磨っておき、冷凍しておくと必要な時に直ぐに使えることと、余りを出さないので無駄がないことも学びました。

うどんをゆでて、出汁に醤油とみりんを入れ、ショウガとネギを入れ、卵を落とすと立派な昼食になります。

スパゲッティはまだソースを一から作るまでには至っておらず、瓶詰めのソースとゆでたスパゲッティを和えるだけですが、お昼ご飯としてはちょうど良い簡便さです。

どうしても時間がなく、お腹が減って、昼食のためにパン屋さんに走って、サンドイッチを買ってくることはほとんどなくなりました。

簡単ですが何か家で昼食を作るようになっただけでも、我ながら進歩したものだと感心しています。

貧血の原因はまさかの……

やっと自分なりに食事を作って生活出来るパターンが出来上がりつつあり、糖尿病についても、主治医の先生からお褒めをいただくほど改善しました。数字上は、糖尿病と言わなくても良い程度だそうです。

しかし一昨年怪我をしてかなりの出血をした後、どうも体がだるいので調べていただくと、貧血があるとのことでした。

この歳の男性で貧血がある場合、最初に疑うのは、胃や大腸のがんで、慢性にじわじわ出血している場合です。主治医の先生の指示で、翌週に、胃の内視鏡検査と大腸ファイバーによる検査を受けました。

結果は胃にも大腸にも異常所見はないということで、がんという点では一安心でしたが、ではなぜ貧血になっているのかという疑問が残ります。

色々調べていただきますと、何と若い女性によくある鉄欠乏性貧血だという診断に至りました。何でも美味しくいただき、いささかいつも食べ過ぎている私が鉄欠乏性貧血になるとは……というのが最初の実感でした。

鉄剤を内服したところ、貧血は改善しましたので、鉄欠乏性貧血だとの診断が正しかったのです。

多分いつも同じような野菜を取り、傷みやすいほうれん草は避けていたり、レバー類は調理が難しいので取らなかったりと、栄養学的にはいわゆる偏食をしていたからだろうということになりました。

それ以来、出来るだけ鉄分の多い食材をと考えていますが、なかなか難しいものです。

時々検査をしていただき、鉄剤を内服して補給するというやり方で、過ごしていますが、どこかで根本的に考えねばならないかもしれないと考えています。

ご飯を炊き始めて

このように、家にいる限りは料理を自分で作って食べるようにしているわけですが、ご飯だけは、電子レンジで温めるパックのものを使っていました。

米を洗い、しばらく置いて炊くという時間がなかったのと、家にある電気釜は少し大きく、一合や二合を炊くには不適当だったからです。

というのも、沢山炊きますと、白米のご飯というのはとても美味しく、止める人のいない独り住まいでは、どうしてもお替わりをして食べ過ぎてしまうのです。

その点一食分がパックに入っているのを電子レンジで温めますと、ちょうど良い量で食べ過ぎませんし、味もしっかりとしています。

しかし最近、それなりに料理が出来るようになって余裕が出てきましたので、ご飯を炊くことにも挑戦しました。

ちょうど、大学時代の親友であるK君の奥様が、二合用のＩＨで炊くお釜がとても良いからと言って送ってくれたので取扱説明書をじっくりと読み、お米を洗うところから説明書どおりにやってみました。

しかし、ＩＨ釜の「中火」というのが何番に設定していいのかが分かりません。適当にえいやと設定しましたが、湯気が上がり、ふっくらと美味しいご飯が出来上がりました。少し固めでしたので、説明書をよく読み、炊く時間と蒸す時間を調整しながら、最適の条件を探しました。

一合のご飯は結構な量があります。一食あたり多分〇・七合ぐらいが適量です。そこで二合を炊いて、三等分して冷凍庫で保存する術を教えていただきました。一度炊くと、これで三回分のご飯が準備出来ます。何よりも自分でお米から炊いたという満足感が格別の味付けをしてくれるものです。

今は山口県で作られたお米で炊いていますが、そのうちに色々な産地のお米を試して、どのお米が私が一番好きかを探求しようと思っています。

溜めないですぐにやる

料理、洗濯、掃除など独りで生活を始めた最初の頃に比べると少しは成長してきました。自分でも驚くことが幾つかあります。

まず、外出したり、夜眠ったりする前には台所の流しにある洗い物を全て済ませてしまうようになりました。

妻は当然いつもそうしていましたが、独りで生活するようになってからは、面倒だという気持ちが働く日もあり、ついそのままにして寝てしまったりもしたものでした。

徐々に洗い物にも慣れてきますと、きれいに洗われた食器が乾燥している状態が気持ち良いものに感じ始めます。

朝起きてきて最初にする仕事は、コーヒーを淹れることですが、その際に前日の夜にきれいに洗っておいたコーヒーカップに注ぐ時、なんともいえない爽やかな気持ちの良さを感じます。

東京などに出かけて、帰ってきた時にも、流し場に何もなくきれいに洗った食器が乾燥しているのを見ると、気持ちが落ち着くようになってきました。少しは「主夫」らしくなってきたのかもしれません。

色々な家事をやってきて学んだこと。

それは、とにかく「溜めない」ということです。

世の皆様方からは、何を今更と言われるかもしれませんが、家事ではどんな些細なことでもその場で処理するということが、後々かえって楽で最も面倒なことにならないということを学びました。

家事というのは、一つ一つの処理に必要な時間は実に短いものです。数分から、長くても十分程度のことが多いものです。

ただ、極めて多彩な種類の作業の連続で、数分ごとに異なることを順序立ててさっさとしていかねばなりません。細かい多彩な作業をいかにうまく組み合わせていくかが家事のコツのように思います。

ですが、しばしば幾つか忘れてしまうことがあります。それに、少し後で溜めてからまとめてしようという油断が、時に心の中に紛れ込みます。

しかし、まとめてしようとするとそのための時間もまとめて取らねばならなくなり、結局、時間が余計にかかるし、さらに億劫になってしまうのです。

今まで私自身が大学や病院で行ってきた作業と、ここが大きな違いのような気がします。論文を読んだりする時は、半時間とか一時間まとまった時間、真剣にその作業だけに集中する必要がありました。

でもそれと同じように家事を執り行うと、どうもいけません。

三年近くの期間、家事をこなしてきて、家事を一つ一つさっさと片付けていくことが肝要であるということをやっと学びました。お恥ずかしいことです。

食事を作っている間、野菜や肉を切った包丁とまな板は、料理に火を通している間に洗ってしまうようになりました。

よく妻が、「優秀な調理人は、料理が出来上がった時には、後片付けも済んでいるものよ」と言っていた意味が分かってきました。

使って直ぐのまな板は、簡単にこするだけできれいになりますが、食事を食べ終わるまで置いておきますと、色々とこびりついているものが乾燥してしまい、結構必死になってこすらねばならなくなります。

食事が終わったら、お茶を飲みながら、少しの時間ぼうっとしたいなと感じるものです。

でも少しばかり賢くなった私は、直ぐに汚れた皿などの食器を流しに持って行って、さっと水をかけておきます。そしてしばらく休んだのちに、洗うようにしていました。

ところが、水のかかり具合で、汚れの周辺の部分や、油物の上に重ねた皿の裏がかえって油で汚れてしまっており、洗剤で真剣にこすらねばなりません。

さっと水をかけてそのままスポンジを手に取り、洗ってしまえば、時間にして一分もかからないわけです。

ここがどうもコツのような気がしてきました。一、二分で済むことは、その場で直ぐにしてしまうと結局は全体として楽になるのです。

やっとここまで学びました。

妻がしていなくて、私がするようになったことは、食器洗浄機を使うようになったことです。妻は「手でさっさと洗った方が二人分なら早いから、私は使わない」と言っていました。食事の後で皿や茶碗が二つ三つであれば、食器洗浄機をセットする間に洗ってしまえます。

しかし、自分で料理をし、料理のレパートリーが増えてきますと、料理に使う鍋や、一旦取り置く皿などが増えてきて、真剣に料理をした日などは、結構な数の食器を使います。この時は、確かに食器洗浄機が便利です。使い方を教えていただくと案外簡単でしたので、皿などの数が多い時には、食器洗浄機を使うことにしました。

確かに楽ですし、完全に乾燥させてくれますし、棚に戻さなくても良いという利点もあります。今は、手洗いと使い分けています。

洗濯も同じです。
二、三日分の下着や靴下それにタオルは、たいした量ではありません。洗濯機の中を覗きますと、底の方に少しあるだけで、ついもう少し溜まったら洗濯機を回そうと考えてしまいます。
しかし洗濯というのは、洗濯機を動かすことだけではないのです。

洗濯が終わったら、直ぐに干す。乾いたら、取り込んできれいにたたんで、整理ダンスなどにきちっと収納する。

ここまでが洗濯という家事だということが分かってきました。

一週間分の洗濯物の量がどうも限界です。最近では、まだ少しだなと思う二、三日分ごとに洗濯機を回すように心がけています。シャツを一枚干す手間は、一分もかかりませんが、沢山になると時間がかかり億劫になるものです。二、三日分なら、さっと作業が済ませられます。

洗濯もこまめにすることが大切だと学びました。

また帰宅して、ワイシャツや靴下を脱いだ後、まず洗濯物のカゴまで持っていって片付けておくことが大切です。よくテレビなどで「靴下を脱ぎっぱなしにする」と、奥様が苦情を言っておられるのを見たことがありましたし、私自身も妻が元気な時は、脱いでソファにでも置いておけば片付けてくれていたものです。

しかし独りで生活をしますと、洗濯物のカゴまで入れに行くのに一分もかかりません。こまめに片付けておくことで、家の中も整頓されますし、次に洗濯をする時にも楽なものです。

少し長期に出かける時があります。妻が元気な時には、帰宅すると「あぁ、疲れ」と言ってソファで寝そべったりしていたものでした。スーツケースは、玄関にほったらかしていましたが、妻が中の洗濯物などを取り出して早速洗濯を始めるのをただぼうっと見ていただけでした。

独り暮らしになった当初も、少し休んでから片付けようとほったらかしていました。

しかし今は少しは成長し、帰宅すると直ぐにスーツケースを開け洗濯物を取り出し、少なくとも洗濯機に入れるものと、クリーニングに出すものを分けることが出来るようになりました。もしまだクリーニング屋さんが開いている時間でしたら、その足でクリーニングを出しに出かけます。

たいして時間はかかりません。全部で三十分ぐらいのことです。これだけのことですが、帰宅して直ぐに出来るようになるまでに、二年余りかかりました。でも自分ではかなり成長したと思います。

恥ずかしながら掃除に関してはあまり成長していません。埃というのはそれほど見えないもので、一週間掃除をしなくても、見てくれにはほとんど影響しません。

そのようなわけで、つい後回しになってしまいます。ただコードレスの掃除機を求めて、何かをこぼしたりした時には、直ぐにその場で掃除機をかけるということだけは心がけています。

また、掃除機をかけた後の部屋で眠ると、変な咳が出なくなることに気づきました。部屋の中の埃は目には見えませんが、舞っている状態で今までは眠っていたのでしょう。

それ以来、時々寝室の掃除を心がけるようになりました。

独りで生活をするようになって、最初はどのようにして料理を作ったり、洗濯をしたり、掃除をしたりすると良いのかと頭がいっぱいでしたが、四年近く皆さんに教えていただき、実際に失敗をしながら、家事をこなしていきますと、家事の楽しさやきれいに片付けることの心地好さなどが理解できるようになり、手順をうまく踏めるようになってきました。

そうは言っても疲れている時など、妻が元気でいてくれたらなと思う時があります。

きっと妻は生前、「ちょっとくらい手伝ってくれたら良いのに」と心の中で思っていたのではと、今頃になって反省しています。

あの世で会えたら、この点は真っ先に謝らねばならないでしょう。

ゴミ出しは緊張の連続

ゴミの分別というのは、間違えるとゴミ捨て場に残されてしまいますから、ご近所に迷惑をかけることになります。

気の弱い（？）私は結構気を使うものです。

だいたい様子が分かるまでは、回収車が来るまで家の中で待機して、窓からそっと覗き、間違いなく全て持っていってくれるのを確認していました。

今住んでいます宇部市のホームページで調べると、ありとあらゆるものが分類されており、どのように捨てるかが指示されています。

隣に住むMさんが言うには、Mさんの奥さんが少し入院されていた時に一番困ったことが、ゴミ出しだったそうです。そのため、

「ゴミのことは分からなかったら処分してあげますよ」

とご親切に言ってくださいました。Mさんは、私から見れば元々とても働き者で、庭や植木の手入れを始め菜園までされています。

そのような方でも、ゴミ出しには不自由されたのだと知り、少しは安心しました。

生ゴミは分かりやすく、私の住んでいるところでは、週に三回収集にきてくれます。紙などの燃えるゴミも同じ日に出せます。

でも回収車を観察していますと、紙などの燃えるゴミも生ゴミも同じ回収車に放り込んでいます。つまり、指定の袋に入れておけば、この二つは区別しなくて良いのではということに気づきました。

肉や魚が入っていた容器は、資源ゴミとして週に一度出すことになっています。今まで気にもとめていませんでしたが、包装用の箱や食品の容器などには、紙などの燃えるものか、プラスチックなどの再利用できるものかを示すマークがついています。プラスチックのマークがついている資源ゴミは、袋であれ箱であれ同じ袋に入れて出して良いということがやっと分かりました。

しかし毎日のように出るこれらのゴミ以外にも、実に多様なゴミが発生します。缶詰を使った料理をすると空き缶が出ます。料理をしていると、使い切った食用油のプラスチック容器やオリーブ油の瓶が出てきます。それ以外にも、洗剤やシャンプーの容器、歯磨き粉のチューブ、使用済みの乾電池、プリンターのインクの容器など、毎日出るものではありませんが、生活していくと本当に多様なゴミが出てくるものです。

そして、いつかは使うかもしれないと押入れに入ったままになっているものが家には沢山あります。お客さん用の布団などもその一つです。

今はもし客人をお迎えすることになっても私独りでは何も出来ませんから、近くのホテルに部屋をお取りすることになります。

そのため、先日思い切って押入れの布団などを全部処分することにしました。

押入れの一段が完全に空きましたので、部屋の中に散乱していたものを押入れの中に納めることが出来、部屋がすっきりしました。

さて、調べてみると布団は大型のゴミにあたるということで、月に一度の回収だそうです。しかし大体がそんな日に限って朝から仕事があったりするもので、次の月まで家の中で保管しておかねばなりません。

妻の死後、なんやかやと家の中のことでお世話になったMさんに、今でも助けていただくのが、これらの特殊なゴミです。

市のゴミ処理場に直接持ち込めばいつでも受け取ってもらえるそうですので、そのうちMさんにご迷惑をおかけしなくて良いように、自分で持ち込めるようにならねばとは思っていますが、しばらくは今までと同じように甘えて、助けていただくしかありません。

ゴミの処理に関しては、どれだけ早くMさんから独立出来るかが私の課題です。

ものはインターネットで買う

妻の生前、各種会費の振り込みや支払いは、「振り込んでおいて」の一言で全て済んでいました。しかし、自分自身で全て行うとなると、これが結構面倒なことだと感じます。

所属する幾つかの学会からは、未納ということで督促が来ます。いつどの会の会費を払ったのかしっかり記録しておかねばなりません。

色々な支払いは、遅れると先方にご迷惑をおかけしますので、請求書が来たら直ぐに銀行や郵便局に出かけて振り込まねばなりません。

妻が入院している頃はいちいち通帳と印鑑を銀行に持っていって窓口でお金の出し入れをしていましたが、見かねた妻に指導されて、ＡＴＭが使えるようになりました。私にとっては革命的なことです。

そんなことを前著に記したところ、友人の一人から「是非、インターネット・バンキングをしなさい」というメールをいただきました。

私自身は、どうもインターネットの世界が信頼出来ないでいましたが、銀行に出かけ担当の方に教えていただきました。するとしっかり記憶しておかねばならないパスワードが増えることを除けば、案外便利そうです。

そこでインターネット・バンキングを申し込みました。

家から様々な振り込みが出来ますし、残高もいつでも確認出来ます。

まだ使いこなしていないので、何か問題が起こったら困るなという気持ちから、小心者の私は銀行が開いている時間にだけ振り込みなどをこわごわしているというのが現状です。

一方で、インターネット・バンキングを導入したこともあり、最近よくインターネットでものを買うようになりました。

これは、特に地方に住んでいますととても便利です。

というのも、独りで生活している時の問題点の一つが、宅配便の受け取りです。

私は、まだ仕事を少ししていますし、講演や会議などで出かけることがしばしばあります。帰宅して、宅配便の不在通知を受け取ると配達してくださった方に申しわけなく思ってしまいます。そうかといって、いつ来るか知れない荷物をじっと待っているわけにはいきません。

ですがインターネットでものを購入すれば、配達日時を指定出来ます。メンバー登録をすると、配達側で荷物が準備出来たらメールで配達の通知を送ってくれるサービスもあります。予定に合わせて、配達日や時間帯を指定出来るのです。

こうしたこともあり、不在通知が激減しました。

配達してくださる方だけではなく、私自身の精神衛生上も良いことだと感じています。最近は、スーパーで生鮮食料品などを買う以外はネットショッピングで、という買い物の形に変わってきています。

音楽は定額配信サービスで聴こう

前述しましたが、自分独りが生活していく上で、何が最低限必要で、不要なものは何か、つまり自分の生活サイズが徐々に見えてきました。

すると、七十歳を過ぎた私にとっては新しく購入するものはほとんどなく、逆に断捨離をして持ち物を減らしていかねばなりません。

その中で唯一購入を続けているのが、音楽と本です。

子供の頃から、音楽を聴くのは好きでした。「歌謡曲からバッハまで」と嘯いて、どんなジャンルの音楽でも聴いていたものでした。

ただこの歳になって、残りの人生の時間を考えると、自分自身の心に沁み入る音楽だけを聴かないと時間がないと考えるようになってきます。

すると不思議なもので、新しく今まで聴いたことのないジャンルの音楽を聴こうとは思わなくなりました。幸い子供の時から幅広く聴いていましたから、その中からあれとこれをもう一度、と選びます。

最近まで、音楽はＣＤをインターネットで購入していましたが、今では、音楽定額配信サービスを使っています。

私の死後の後片付けを考えると、当然、ＣＤなどはゴミと同じになってしまうでしょうから、特別なものを除いては、場所も取らないし、配信サービスで十分だと考え始めました。

最近の贅沢の一つは、好きな交響曲を色々な異なる指揮者の演奏で聴き比べることです。たとえ同じオーケストラが演奏していても、指揮者によって異なった味付けの音楽になってくるのです。

このような聴き方をするには、配信サービスが便利です。

一つのフォルダーの中に、同じ音楽の異なる指揮者の交響曲（時には好きな楽章のみ）を幾つも入れ、続けて聴き比べるということが出来ます。

ジャズも好きな音楽です。本を読んだり文章を書いたりする時にバックグラウンドで流すと、とても素敵です。

沢山あるジャズを聴いているうちに、自分自身が心地好く思えるものが鮮明になってきますが、結局は、子供時代から好きでよく聴いていたジャズに徐々に落ち着いていきます。

どんな音楽を人生の最後に聴きたいかがより鮮明になってくる。

これも配信サービスのおかげです。

本は「乱読」するのが良い

職業柄、家の中は本でいっぱいです。

現役の頃は、専門の医学書や医学雑誌を中心に読んでいました。

定年後、大学の運営に少し携わりましたが、その頃から、若い学生に向けた教育の進むべき方向について考えるようになり、理系の頭の私は本来苦手だった文学書や歴史書、さらには古事記などの古典を貪るように読みました。

日本の歴史や地勢について、あるいは日本語の由来や特性について、今まで読んだことのない種類の本を読み、とても新鮮な気分になりました。

また、妻が亡くなってからは、仏教とキリスト教の違いなど宗教について考えさせられる本を読みました。

すると、音楽と同じですが、自分の残りの人生でもう一度あるいは何回も読みたい、読まねばならないと考える本が見えてきました。

これは乱読の中から、浮かび上がってくるようです。


一方で、一冊の本を読むとそこで紹介されている本や同じ著者の別の本、あるいは類似のテーマの本が読みたくなります。そのようなわけで、本に関しては未だに買い続けています。

インターネットで買える時代ですから、書名や著者名を入力すれば即座に見つかりますし、ほとんどの場合翌日には配達されます。読みたい本が決まっている時は、実に便利です。

一方で、東京や福岡に出かけた時には、しばしば書店に立ち寄ります。背表紙の題名を見て回り、こんな本があるのだと見つけるのも楽しみです。

書店ごとに、並べ方に色合いがあります。ジャンルを分類して棚に陳列されていますが、それも全国共通というものではなく、それぞれの書店が味を出して本を並べているようです。

書店により、人文系の本を沢山置いているところ、ビジネス系に重点を置いているところなどと考えながら、書店を回るのも楽しみです。

インターネットの書籍は、全て検索可能ですが、書店に置いてある書籍というのはまた別の味があります。

今のところ、二つの方法を使って、読みたい本を見つけ出しています。


音楽では、四十分の交響曲を聴くには四十分が必要です。早送りは出来ません。

しかし本には、いくつかの種類があります。

斜め読みをすれば良い本、丁寧には読むけれど一度読めばそれで良い本、読んだだけでは理解出来ず繰り返し読む必要のある本、読んでいるうちに自分の考えに入り込んでくる本、新しい展開が頭の中で生まれてくる本など……その時の自分の心によっても違ってきます。

特に古典や昔からよく読まれている本には、何回読んでも新しい発見があるものです。残りの人生の時間を考えながら、そのうちにこのような本に収束していくのかなと思いますが、今は比較的乱読をしています。

「書物を読みて理解し得るは理解の下位なり。自己の経験を拡充し得るは理解の中位なり。自己の経験と合して一体系を樹立し得るは理解の上位なり」

（市原明：古武弥四郎先生語録　生化学　第55巻9号）

先人の言葉が胸に、浮かびます。

第四章

死への道筋

ひたひたと死が近づいてきている

古希を迎えた日、教え子である眼科の先生方が集まって、お祝いをしてくださいました。

ここ数年の間に私は、妻を、そして弟を亡くしました。

また様々な局面で長年助けてくださっていた先生の奥様がお亡くなりになり、急に死というものが私自身の身近な問題となってきました。

私自身は、古希という節目まで有り難いことに生かしていただくことが出来ました。しかし、弟は六十七歳で、妻は六十八歳で先立ちましたし、妻の先夫は四十五歳という若さで亡くなりました。

誰もがいつかは死の瞬間を迎えます。

しかし、自分自身に、いつお迎えが来るかということは分かりません。分からないからこそ、その瞬間まで精一杯生きていけるのかもしれません。

統計学に基づいて、教育の年限や退職年など、社会的約束が決められています。社会にとっては、平均寿命という数字は様々なルールを決める上で大切なものです。

しかし、一人の人間にとっては、平均寿命のような統計の数字は、何の意味もありません。

自分自身の一人の人生の終わりがいつ来るかということだけが問題です。短ければそれまでです。時に不幸にして短い人生となってしまわれる方もいますし、一〇〇歳を過ぎてもお元気で、長寿を楽しんでおられる方もいます。

ただ私の周りを見ていますと、現実的には七十歳から八十歳前後に亡くなる方が多いように思います。

中学校・高等学校の同窓会に久しぶりに出席しましたが、あの若かった青春時代と同じような顔をしている方もおられれば、全く誰か分からず失礼してしまった方もおられました。

五十年以上の歳月が、様々な人生の変遷を、それぞれの皆さんの顔に刻まれているのだと思います。

当日配られた名簿を見ますと、何人かは鬼籍に入っておられます。

いくら平均寿命が八十歳を超えたと言っても、古希を過ぎると間違いなくひたひたと死が近づいてきていることは間違いありません。

生まれた時から、死という終着駅に向かって歩んでいくのが人生です。

生まれたからこそ、死というものがあるのです。

若い時には「その瞬間を生きて、生き延びる」ことが最大の課題で、死というものは遠く先の方で時に意識する程度でした。

しかしこの年齢になり、しかも妻や弟に先立たれると、死は比較的身近な問題として考えるようになります。同時にどのように死を迎えるのかということと、死後の世界のことを真剣に考えるようになるものです。

妻と弟、二人の死が心を揺さぶった

私は、短い間に妻と実弟の死という二つの死を経験しました。皮肉なことに、妻も弟も一般的には私より後に逝くべき年齢です。二人の身近な人間の死は、私にとって死ぬ順序が違うという点では同じですが、死の前に色々と整理をする時間を持って死ぬかどうかという死への過程で大きく異なりました。二人の死は対照的でもあり、私が自分自身の死を考える上で大きな教訓を残してくれているとも思います。

妻は子宮頸がんで、診断されてから一年半ほど抗がん剤による治療や放射線治療を受けましたが、肺や肝臓に転移が見つかりました。

そして話し合い、それ以上の治療をしないと二人で決めました。

それから約半年。がん細胞で体は徐々に蝕まれていたのでしょうが、抗がん剤の影響がなくなり、少なくとも見掛けは健康でした。

妻が動ける間にしておきたいことのリストを二人で作ったりして、妻も私も来《きた》るべき日までを有効に過ごすことが出来ました。

最期の一ヶ月半ほどだけ自宅から離れ、病院の緩和ケア病棟で過ごしましたが、感謝の気持ちを伝え合ったり、妻が独り残される私の生活を心配して色々と家事について教えてくれたりする時間はありました。

妻にとっても、また遺された私にとっても、ある程度死への準備が出来たと思います。

私への手紙を遺してくれたり、すっかり妻に任せていたことをきちっと整理して教えてくれたり、最後にお目にかかりたい方々にお会いして自分の口から御礼を申し上げることが出来たりと、妻の死への過程は覚悟が出来ていただけによくしたものだと思います。

弟の死は、妻と違い本当に予期しない速度でやってきました。

医者である弟はいつもどおり診療を行った土曜日、調子が悪いと病院に行ったそうです。そのまま入院となり、心筋梗塞の診断が下されましたが、血の塊を溶かす薬で少し様子を見ましょうとなりました。

ところが、翌日の日曜日の昼過ぎに突然意識がなくなり、そして週の明けた火曜日の真夜中に息を引き取りました。

私は連絡を受け、山口から最終の新幹線に飛び乗り大阪へ向かいましたが、病院に駆けつけた時には、もう既に意識はありませんでした。

最後に何の話も出来なかったことが残念です。

循環器疾患を標榜して小さな内科クリニックを開いていた弟が、心筋梗塞で急逝するとは。自分の健康管理を全くしていなかったのかと、怒りに似た気持ちが湧いてきました。

私には弟が二人いましたが、二番目の弟は生後一年で他界し、両親もいなくなった今となっては、ただ一人の身内でした。

それだけに、後のことなども含めてもっと色々話をしておけたならと悔やまれます。遺された甥と姪は大変なショックを受けていました。私は遠くに住んでいますので、なかなか世話をすることが出来ません。

しかし弟の中学・高等学校時代の親友の皆さんが、遺された子供たちを支えてくれ、本当によく面倒を見てくださり、クリニックの閉鎖を始め、ありとあらゆる必要な手続きを行ってくださいました。

余談ですが、中学校や高等学校の青春時代を共に過ごした仲間がこれほど強い絆を持っていることに改めて驚くと同時に、当時の学校教育が素晴らしいものであったことを痛感します。

兄としては、感謝以外ありませんでした。

妻と弟の二つの死――それは、私の心を、死生観を大きく揺さぶりました。何よりも自分の死を準備せねばという気持ちが強く生まれてきたのです。

還暦過ぎたら「おまけの人生」だ

妻の先夫は、四十五歳の時にがんでこの世を去りました。妻が三十八歳の時です。優秀な外科医でおられた先生が、妻と二人の幼い子供を遺して先立つ時のお気持ちはどのようなものであったかと想像しますと、私にはとても耐えられないだろうなと思います。

残された幼い子どもたちのこれからの人生を考えた時に、どのようなお気持ちだったのでしょうか？

妻は、先夫の三回忌の時に、追悼集『風紋』を発行しています。

今それを読み直してみますと、死を間際にした先生の葛藤は、改めて壮絶なものであることがうかがえます。がんと診断されてからの気持ちを述べておられる部分を一部引用させていただきます。

「限りなく死に近い癌にかかった。
今、生きているということは何と有難いことか。
死を自覚して初めて、その有難味がわかる。
人は、いつ死が訪れるかわからないから生きられるのではないか。
人は、自分の死が確実になったとき、どう生きるのか。
今の私には、死が確実になったときの生き方がわからない」

（児玉保子編『颪紋』児玉好史追悼集　一七二ページ、昭和六十三年、原文ママ）

「限りある　命と知れど
この期に及ぶまで　我は気付かず
不覚なり　不覚なり
されど　死への恐怖と不安は

未だ　不覚のうちにあり
死を　ついに悟りし時
意外や　その恐怖は無きものの如く感じられる
されど　この世に未練は残る
我が肉体が亡ぶ時
我が魂はいづこへ行くのか
我が意識が永遠に無意識に沈みし時
すべては明らかになれども」

（児玉保子編『風紋』児玉好史追悼集　一七九〜一八〇ページ、昭和六十三年、原文ママ）

死が目の前に近づき、それを自覚した時のお気持ちが表現されています。
死の時期がいつか分からないから、私たちは生きていくことが出来るのでしょう。もし死の日時が決まっていたら、とてもではありませんが、生き続けることが出来ないのではと思います。

いつか分からないから悩み、苦しむ。しかし同時に、いつか分からないからこそ、生ある間は生き続けることが出来るという矛盾があるように思います。

また、いつ死が訪れたとしても、精一杯生きていれば、必ずこの世への未練は残るものなのでしょう。

生きるということは様々なことを楽しんだり、作り上げたりしながら生活することですから、常に未完成のものが進行形という形で残っているはずです。それらのことに対する未練は必ず生まれると思います。

私自身も、子供たちが小さい頃には、自分が今、突然死を迎えたらどうなるのだろうかとよく考えたことがありました。

まだ若い頃ですから、十分な蓄えもありません。父親を失った子供たちの将来を考えると、どのようになるのかがとても心配でした。

私は、三十歳前に、虫垂炎が手遅れになり、手術を受けることになりました。

手術の前の夜、このまま家に戻ってこられなかったら、子供たちはどうなるのだろうかと考えると自然と涙が出てきたことを思い出します。

一般的には治ると分かっている病気に対する手術を受ける前ですら、まだ子供が小さな時に手術を受けるとなると、このような気持ちになるものです。

今六十歳以上の長寿を楽しんでおられる方に対して失礼かもしれませんが、死というのは年齢によってその重みや受け止め方が大きく異なるものだと思います。決して年齢によって命に軽重があるわけではありません。どの年齢の方もそれぞれの人生が大切なことはよく理解しています。

平均寿命を延ばすことも大切なことです。

しかし今日、世界でも有数の長寿国である我が国で、不幸にして若くして命を落とされる方を減らす努力は必要だと思います。還暦前の世代では、一つの命だけではなく、その命に繋がる家族の人生をも大きく変えるのですから。

がんの治療についても同じようなことが言えないでしょうか。

子供たちが成人し孫を育てる年齢になり、私自身も定年退職した今では、もしがんと宣告されたら一つの天命として受け入れねばと考えます。

二十年若ければ、きっとなんとかしてがんと闘おうとしていたと思います。でも古希を過ぎた今の年齢では、たとえ不本意であっても受け入れねばならないことなのでしょう。勿論あえて短命になろうとは思いませんし、それなりに健康には気をつけねばとは思います。

しかし一昨年思いもよらない怪我をし、体力が落ちてきていることを思い知らされました。

青春時代、朱夏時代そして白秋時代と、自分なりに必死になって生きてきたつもりです。玄冬の時代は、たとえ短いものになっても悔いはないという覚悟を持って、今日の一日を過ごしていくことが肝要ではと考えています。

これは決して厭世的になってネガティブに人生をとらえているのではありません。

逆に、希望を持ちながらポジティブにこれからの人生を考えていくことになると思います。

先ずは還暦まで元気に生きることが出来ただけで、感謝と満足をせねばならないのかもしれません。

大切なことは、還暦を過ぎてからの年月は第一章で述べたように「あとは野となれ山となれ」そして、「おまけの人生」だと考えて生活することではないでしょうか？

今を生きるために死を考える

妻の先夫、妻、弟。三人の対照的な死への過程を比べると、急逝しても時間的に猶予があって死を迎えても、遺された者にとっては同じかもしれないと考えます。

寂しさやショックの性質が違うだけで、その人が最早存在しないという点では同じことです。さらに、どのような死に方であっても、死んでからも遺された人々に迷惑をおかけするという点では同じことです。

このように考えてきますと、心は少し軽くなります。

勿論出来るだけ整理しておくつもりですが、生きている間に少しでも社会のお役に立つような生活を送り、死後にかけるだろう迷惑は許していただくしかないことに気づきます。

自分自身の死と死への過程を考えることは、今の生活をどのように送るかということに繋がるのです。

今を生きるために、死を考えるということでしょう。

妻が逝ってから、独りで生活していますが、私のことを心配してくださっている皆さんや別れた先妻と行動を共にした三人の子供たちに、何も立派な財産や物質的なものは遺してやれませんが、何か心に伝わるものを遺しておかねばという気持ちが強く湧いてきています。

年賀状という細い糸がとても大切

この歳になるまで、実に多くの方々にお目にかかることが出来ました。初めてお会いしたきり二度とお目にかかっていない方もおられますし、ずっと今に至るまで親しくお付き合いいただいている方も沢山おられます。

私は大阪で生まれ大阪で育ちましたが、大学を出てしばらくしてから、愛媛大学、アメリカ　ボストン、大阪大学、近畿大学、山口大学と職場が変わりました。また基礎医学を学んでいた時代、臨床で眼科学を学んでいた時代と大学の副学長としての時代があります。

そのようなわけで、実に多方面の皆様方と面識を持たせていただけました。ある意味私の人生の財産かもしれません。

それらの人生で出会った中には、年に一度の年賀状のやりとりだけしている方も沢山おられます。ある意味、年賀状という細い細い糸で繋がっていると言えるでしょう。

毎年お正月に年賀状を頂戴し、お名前と住所を確認しながら、お元気だろうか、どうされているのだろうかと、昔親しくさせていただいていた時代を思い出しながら懐かしく思っていました。

今年こそ訪ねていって、お目にかかり、懐かしい話をしようと思う方も沢山おられますが、なかなか実現せず、結局は年賀状だけのお付き合いとなってしまっていました。

しかし、この年賀状という細い糸がとても大切だということを妻の死以来教えられました。しばらくお目にかかっていない方々が、妻の死を悼んだお言葉と同時に私に対する励ましのお便りを送ってきてくださいました。年賀状で、住所、電話番号やメールアドレスを交換していたからこそこのようなお便りをいただけたのだと思います。昔一緒に仕事をしたり、議論をしたりあるいは楽しくお食事を共にしたりした頃のことが思い出され、とても力づけられる有り難いお便りでした。

職場が変わったり転居されたりなどでお別れした方とは、お元気でおられる限りはまたお目にかかることが出来ます。お別れというのは決して死のお別れではないのですから。

しかし、一生お目にかかる機会がない方がいるというのも現実です。特に諍《いさか》いなどで、不本意ながらお別れした方とは、生涯二度とお目にかかることはないのでしょう。

死による別れはなぜ辛いのか

出会いと別れを、長い人生の中で数限りなく経験してきました。

しかし、このような別れと死による別れとはどこが違うのでしょうか？

双方が元気でいる限り、会う機会はないと分かっていても、会おうと思えばまたそのような機会を作ることが出来るのだという安心感がポイントかもしれません。

死による別れは、どんなに望んでも、二度とこの世では会えませんし、声を聞くことも出来ません。この点が、一番の違いです。それだけに死による別れは辛いのでしょう。

今までも沢山の方の死と向かい合ってきました。

私が生まれてすぐに二人の祖父は他界しましたので、祖父の思い出は全くありません。父方の祖母は私が小学生の頃に亡くなりました。胃がんで入院していた病院へ見舞いに行くと、必ず売店でアイスクリームを買って食べさせてくれたことが、意外に大きな思い出です。母方の祖母は大変私を可愛がってくれましたが、アメリカに留学していた時に亡くなり、最後に会うことは出来ませんでした。心残りなことです。両親の死も大きな意味を持っていました。

しかし今回の妻の死に引き続いての弟の死は、私にとってとても大きなものでした。

妻にはもう二度と会えませんし、相談も出来ません。文句を言われることもありませんが、逆に「頑張ったね」と褒められることもありません。

妻の死をどのようにして受け入れ、自分自身に残された人生をどのように心豊かに生きるかということが一つの課題となりました。

三回忌を過ぎたあたりから、妻の死は現実として受け入れることが出来るようになってきました。

同時に、この世での様々な方々との別れと同じに考えれば良いのではという思いが出てきました。

確かにこの世では、どんなに望んでももう二度と会うことが出来ません。しかし、私が死んだ後にあの世で妻と再会することは出来るはずです。今頃はあの世から、「輝夫、しっかり頑張るのよ」と言って、見てくれているはずです。

今、この原稿は妻の仏壇の前で書いていますが、葬儀の時に使用した大きな妻の遺影が、私に書き続ける時間と力を与えてくれているように感じます。

第一章で紹介した妻の最後の手紙にありましたように、私が最後の最後まで自分のこの世での使命を果たす努力をしておれば、きっと神はあの世で再会することを許してくださると信じています。

死への準備教育、生への準備教育

カトリックであれプロテスタントであれ、キリスト教の葬儀では、「神とともにいまして（God be with you till we meet again）」が歌われます。英語の題名には till we meet again とあり、「また会う日まで」という歌詞が歌われます。

仏教の考え方では、死んだ後西方浄土に行き、また何らかの形でこの世に輪廻転生してくると言われています。功徳を積んだかどうかで、どのような生き物で次に生まれ変わってくるのかが決まると考えられています。輪廻転生は大切な基本的考え方ですし、功徳を積んで輪廻転生から離れ、浄土にずっととどまれるようにと願います。

一方、キリスト教では、人は、神の国から一時的にこの世に遣わされているという考え方で、死と共に再び神の国である天国に戻るというふうに教えられています。

死亡そのものの言い方にも違いがあります。

仏教の場合は、「永眠した」「逝去した」という表現が使われていますが、キリスト教では、「passed away 通り過ぎていった」とか「returned home 神の国に戻った」という表現が使われます。

死のとらえ方の違いが端的に表れていると思います。

私たちは、永遠と永遠の間の一瞬、この世に遣わされて、死と共に再び神の保護下の天国で永遠の時間を過ごすことになるというのがキリスト教の考え方のようです。ですから時間的な違いはあっても、再び神の国で先に亡くなった妻に会えるはずです。「また会う日まで till we meet again」

このように考えますと、この世の別れも死による別れも、どちらも同じものだと感じます。

自分が本当に会いたい人には、この世かあの世かは別としてまたいつか会えるのです。希望が湧いてきますし、自分自身の死を考えることはネガティブなことではなく、同時に残された人生をどれだけ有意義に生きるかということに繋がるのです。

今を精一杯生きるために、死を考えるのです。

死生学を教えておられるアルフォンス・デーケン氏は、

「私たちは死を見つめることによって、自分に与えられた時間が限られているという現実を再認識することができます。それは毎日をどう生きていったらいいかと改めて考えだすことですから、『死への準備教育』はそのまま『生への準備教育』にほかならないとも言えます」（新版『死とどう向き合うか』NHK出版、二〇一一年）

と述べられています。

身近な人の死を経験した後、下を向いて、悲しみの中で生きるのではなく、上を向いて背筋を伸ばして楽しく今を生きることが、有意義に生きるということだと分かりました。

思い出から蘇生へ

人生には、思い出を作る時期と思い出を懐かしむ時期があるのではと思います。

七十年以上の人生を顧みますと、色々と楽しかった思い出や苦い思い出が浮かんできます。

今日より以前のことは全て思い出です。

青春の時代、朱夏の時代、そして人生の収穫期とも言うべき白秋の時代と、そこでの様々な出来事は全て思い出です。

子供の時のこと、両親や弟との様々な思い出、叔父や叔母やいとこの兄さんや姉さんたちに可愛がってもらったことなどから始まり、大学生時代の色々な事柄も甘い思い出と苦い思い出です。

このようなかなり古い思い出というのは、今日の生活からは時間的に離れていることもあり、どちらかというと何かの時に懐かしく思い出されるというものです。

若い初恋の頃も、何かの機会をとらえては、一緒に出かけた際の切符やパンフレットを残していたものでした。

それが思い出を作り残すことだと思っていました。

しかし、自分自身の心が移り変わり、いつの間にかそれらは何処かに消えてしまい、今となっては心の中に残っている断片的なものしかありません。

大切な思い出と感じていても、人生では次の瞬間に書き換えられてしまうことがしばしばあります。コンピュータの上書きのようです。

時というのは、多くの事柄を解決してしまうような気がします。思い出は思い出として、昔の楽しかった日々を思い出し懐かしむ引き金に間違いなくなります。

独り取り残された私にとっては、妻と一緒に過ごした時間を懐かしむためにも、写真などの思い出の品物が大切でした。

しかし、いくら思い出して懐かしんでも、昔の時間は戻ってきません。

ここでも人生は一方通行だという原則があります。しかし、逆に考えますと、これだけ懐かしむ思い出を作れたわけですから、もう十分に二人で過ごす楽しみは味わったのだとも考えられます。

それなら、現実にこれから独りで生きていく上で、独りで新しく楽しめる人生を築き上げていかねばという考えに至りました。

決して妻への思いが時間の経過と共に薄れてくるわけではありません。

しかし独りで生活していかねばならないという現実と、精神的にも自立しないといけないという気持ちとが重なり、いつまでも思い出にふけっているわけにはいかないのです。

ある意味では、私自身の人生での新しいステージが始まったのかもしれません。

妻に先立たれて独り遺された者が、蘇生してきたのです。

それと同時に、妻の思い出の品ではなく、妻そのものの心が私自身の心の中に入り込んできたような気がしています。この段階になりますと、もはや仲介する写真も思い出の品々も必要ありません。

人生では思い出を作る時期と、思い出を懐かしむ時期とそしてそれらの思い出が心に溶け込んで、新しい生き方が生まれる蘇生の時期があるのだと思います。思い出は思い出として懐かしみながらも、新しく蘇生した人生を楽しく力強く歩んでいきたく思います。

そう、「また会う日まで」。

おわりに

私は、太平洋戦争が一九四五年に終わり、中国やアジア諸国に出征していた方々が帰還されて生まれてきた、いわゆる第一次ベビーブームの世代です。

したがって、戦争そのものの経験は全くありません。

子供時代は日本の国そのものが貧しく、今から思えば衛生状態も良い状態ではありませんでした。一九四七年生まれの子供の数は二六〇万人以上で、我が国の出生数が一〇〇万人を切ったことを考えると、とんでもない数の子供が生まれていたわけです。

幸い日本の経済は右肩上がりで、ちょうど私たちの世代が成長するのに合わせるかのように国は豊かになっていきました。

私たちが成人してからしばらくの時代は、いわゆる高度成長期で、日本の経済は絶好調でした。私たちの世代は、人口が多く、その分競争も熾烈《しれつ》であったと思います。

働き盛りの人口が多いということが、高度成長に大きく貢献したと思います。一九六〇年代には、「安かろう、悪かろう」が日本の工業製品に対する評価でしたが、一九七〇年代に入ると日本の工業製品は世界的にもその優秀さが認められ、国としても一つの独立国として国際的に認められるようになってきました。

今日では想像が出来ないかもしれませんが、とにかく労働時間などを問題視することはなく、ただひたすらに猛烈に働くことが美徳でした。

男性が社会でがむしゃらに働き、女性が家庭で家事や育児を担当するというジェンダーによる社会的な分業が一般的な時代でした。善悪は別として、私たちの世代はそのような社会の中で働き、今の日本を築き上げたという自負はあります。

ただ時代の考え方は大きく変化してきました。

長時間働くことが美徳ではなくなり、逆に過労死などの問題の元凶であるとされ、適切な労働時間を考えるようになってきました。

さらに、ジェンダーを超えて社会で男性も女性も共にそれぞれの能力を発揮するようになってきました。家庭と社会という分業の形は崩れてきました。

七十年にわたる一つの人生の流れの中で、このように大きく社会の考え方が変化していきました。

少なくとも子供時代、まだ日本が米国に占領されていた時代から、アメリカという国は私にとってあこがれでした。医学の道へ進み、医師として、医学研究者としてアメリカの医師や研究者に負けたくない、彼らに認めてもらうにはということだけを考えて働いてきました。医師になってからも、欧米の医師や研究者に認めてもらおうと必死になって働きました。患者さんに対しての診療や手術の時間に加え、大学での研究者や教育者としての時間をどちらも全力で過ごすためには、正直家庭のことを顧みている時間はありませんでした。

いわば全ての人生の時間が、仕事のためであったとも言えます。

当時は、このことに対して何の疑問も持っていませんでした。

一九七七年にアメリカ・ボストンにある眼科研究所に留学しました。

その頃の日本はまだ「半ドン」と言って土曜日の午前中も通常の勤務が行われていました。

患者さんもおられる日本の医学部では、月曜日から金曜日までは、本当に夜遅くまで働いていました。ただ土曜日の「半ドン」というのは、指導医の先生の顔色を窺わずに、堂々と夕方には大学を離れることが出来る日というような意味でした。

ところがアメリカに行ってみると、完全に週休二日で、土曜日はまるきり休日でした。土曜日に実験をしていると、それは私がどれほど無能かということを示していることになるといった雰囲気でした。「半ドン」の国から来た私にとっては、大変なカルチャーショックでした。

一日少なく働いているのに、どうしてアメリカの研究者は世界の学問をリードしているのだろうかと、必死になって考えたものでした。

彼らは十分な休日を取り、家族と共にリフレッシュして、本来の自分自身が行うべき業務を全力で行っているのです。研究以外の作業は、技術補佐員や秘書など色々な支援のスタッフが行っていました。ここが、少ない人員で何もかもせねばならない日本との違いだったと思います。

しかし、帰国すると、再び日本での労働時間を気にしない生活に戻ることになりました。


妻を亡くして四年近くが経ちました。

一昨年には三歳若い私の実弟が心筋梗塞で急死しました。祖父母、両親そしてたった一人の弟を失い、いよいよ自分自身の着地点を考え、人生の最終楽章をまとめねばと心から考えるようになってきています。この数年間の心の変化、家事の習熟度や死に向き合う気持ちの変化を中心に、再び筆を執りました。一人一人の人生の道は異なりますが、ベビーブーマーの世代として七十歳を過ぎた同世代の方々には、何か共通する悩みや気持ちがおありだろうと推測します。
私の経験が少しでもお役に立つようでしたら、望外の喜びです。

今回も幻冬舎の福島広司氏と片野貴司氏に大変お世話になりました。お二人のご理解と励ましがなければ、書き続けることが出来なかったと思います。また私たち夫婦二人をよくご存じで、妻が逝ってからはいつも励ましてくださいました疋田幸子氏に心より感謝します。
そして何よりも私を温かく支えてくださる皆さんや、読者の皆さん、古くからの友人や知人の皆さんの励ましがあってこそ、今もなんとか元気にそして新たな楽しみを見つけて明るく前向きに生活出来ていることを心から感謝しています。

令和元年師走　山口の自宅にて

西田輝夫

Teruo Nishida

1947年生まれ、大阪府出身。医学博士。
1971年大阪大学医学部卒業。
大阪大学蛋白質研究所、愛媛大学医学部第一生化学教室助手、
米国ボストンのスケペンス眼科研究所留学、
大阪大学医学部眼科学教室助手、
近畿大学医学部眼科学教室講師を経て、
1993年、山口大学医学部眼科学教室教授に。
2010年、山口大学理事・副学長就任。
2013年退任。
現在は、医療法人松井医仁会大島眼科病院監事、
(公財)日本アイバンク協会常務理事、
また、日本眼科学会などの名誉会員を務める。
2001年米国角膜学会にて、
日本人としては19年ぶり2人目となるカストロヴィエホ・メダル受賞。
その他、西日本文化賞(西日本新聞社)、日本眼科学会賞、
日本医師会医学賞、中国文化賞(中国新聞社)、
日本結合組織学会学術賞など受賞多数。
著書に、『角膜テキスト』(エルゼビア・ジャパン、2010年)、
『ケースで学ぶ 日常みる角膜疾患』(医学書院、2010年)、
『70歳、はじめての男独り暮らし』(小社、2017年)などがある。

72歳、妻を亡くして三年目
おまけ人生の処方箋

2019年12月10日　第1刷発行

著　者　西田輝夫
発行人　見城 徹
編集人　福島広司

GENTOSHA

発行所　株式会社 幻冬舎
　　〒151-0051　東京都渋谷区千駄ヶ谷4-9-7

電話　03(5411)6211(編集)
　　　03(5411)6222(営業)
振替　00120-8-767643
印刷・製本所　中央精版印刷株式会社

検印廃止

ISBN978-4-344-03556-0　C0095
幻冬舎ホームページアドレス　https://www.gentosha.co.jp/

この本に関するご意見・ご感想をメールでお寄せいただく場合は、
comment@gentosha.co.jpまで。